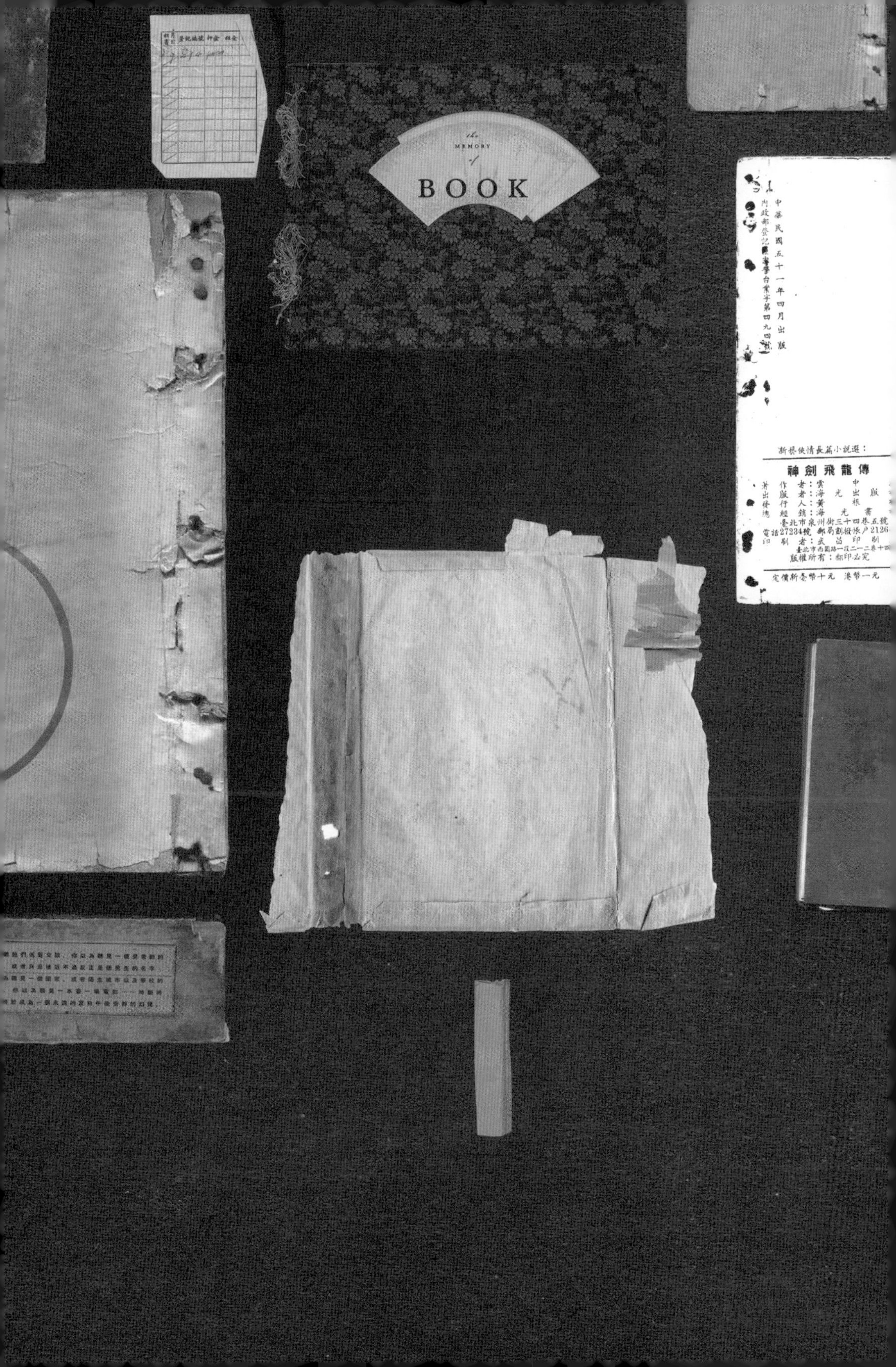

中華民國五十一年四月出版
內政部登記證臺中業字第○九四號

新派俠情長篇小說選：

神劍飛龍傳

作　者　雲海黃海根
出　版　者　中　光　出　版　社
發　行　人　黃　海　根
經　銷　者　光　　明　　書　　局
總　出　售　處　臺北市泉州街三十四巷五號
電話27234號　郵政劃撥帳戶 2126
印　刷　者　武　益　印　刷　廠
臺北市内江路一段二一二巷十四號
版權所有　翻印必究

定價新臺幣十元　港幣一元

the
MEMORY
of

BOOK

INK文學叢書 255

租書店的女兒

蘇偉貞

目次

小東路15號／租書店的女兒

過東寧／從時光傳來

記憶一種／（新）老家——給影劇三村

the MEMORY of BOOK

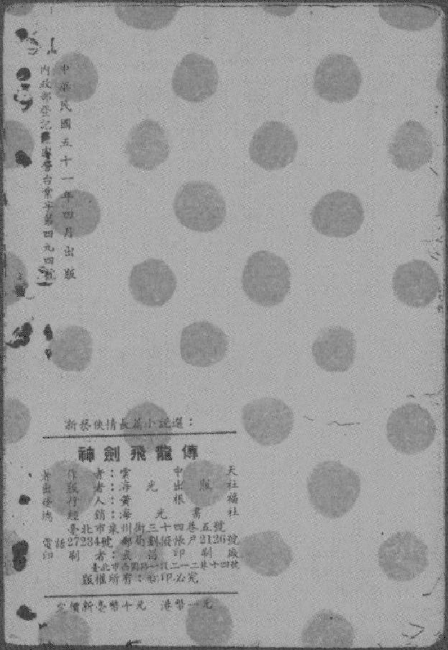

●最初，剛進小學的我僅能裝模作樣翻弄落到當包書紙的零散漫畫，等上了小二，認得的字多了，正式「下海」看小說不提，還被教會租書作業流程，充當父親偶爾出門補書喝喜酒陪客人下圍棋看店候補，我算不算租書界最小的童工？

●那年代出書之快簡直像印報紙，騎腳踏車的倒楣郵差每天都來送重重的包裹，成日都有出版商寄新書來，另就是咱們阿兵哥除了武俠還挺愛言情，沒武俠新書，順便打聽：「依達新書來了嗎？有沒有嚴沁還是玄小佛？」我把這些大哥哥引為知己。至於我自己，小說摸熟了，自然也瞧出了個門道，言情小說有套基本公式，人物缺少理想性，情節忌拖泥帶水沒勁兒，最重要事件發展、節奏得快，否則讀者會失去耐性。（我性子急，準不定就如此這般被養成的。）這況味使得喜歡讓女主角來點古典詩的瓊瑤顯得不太「言情」。

●那一刻，心底湧現一道微小之聲：「如果，我也能寫小說呢？」

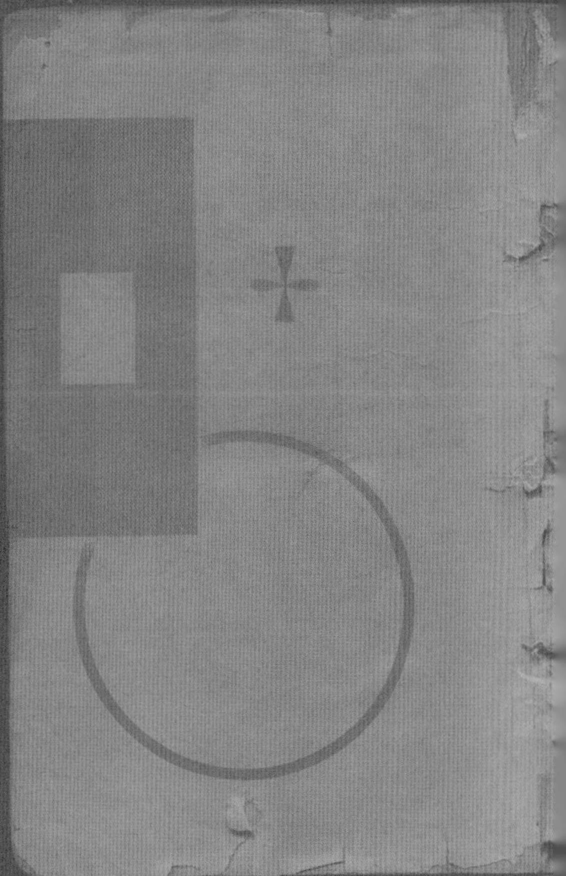

●旅程滾動著旅程，同樣一條路，複寫另一張路上地圖。

●你的新南都時差使你帶著你自己的綠光晶體，反射現實／記憶。你一下子就明白了，任何真理般的人生經驗，最無用，記憶最難複製的部分是對他人的感知，照片庫中，原初時間在地居住史頁裡，此中有人，呼之欲出。

南都鳳凰木，特立獨行，你的年輪之樹。

小東路15號／租書店的女兒

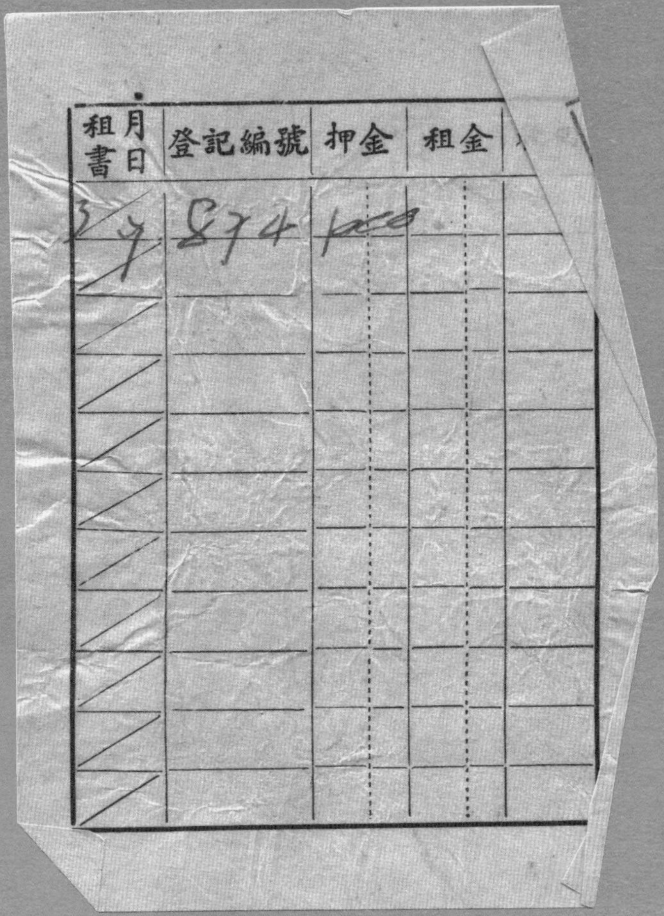

租書店的女兒 014

我突然就懂得通俗小說與純文學的差別，我還明白，自己是踏著別個高度才到了這個高度。言情小說愛死人不償命的陣仗我膩了，小說除了言情總還有些別的。感傷的是，我守著這祕密不敢讓我爸知道，否則我們家那些書可以「想像」租給誰呢？

父親晚年消磨時間的方式說來挺酷的——他看武俠小說，手不釋卷的看。善惡輪迴的武俠天地價值觀如是分明，故事情節對話重口味，加上眾多江湖人物呼嘯來去，難怪我爸拚老命融入那世界，簡直到達廢寢忘食的地步，一直以來，我眼中的父親，老年生活來不及寂寞。

偶爾回家小住的日子，夜深人靜，父女倆各捧一本書，分據一角，熒熒光池下，父親讀書是我記憶中永遠的經典畫面，比一切我所知道奮發向上的故事更讓人感動，父親少鹽少糖的晚年生活得以提味不少，我則努力發揮鴕鳥精神，光埋住頭嫌不夠，根本全身趴在「老豆（廣式發音）有書陪伴」的沉沙裡完全不肯面對現實，邊阿Q式鼓舞自己將來要如此老。功課一做數十年，我母親大惑不解碎碎唸：「就這麼好看！半夜三更還不睡！哪天火大全給扔掉！」

正以爲可以如此賴下去，哪知老父眼睛一夕病變，視神經出血，右眼全盲，左眼保住了〇・二視力，醫生強調不壞下去就算好。沒啥良方秘笈，多讓眼睛休息，腦門吃中拳王一計似，昏天黑地。躲開老父沉默的眼神，他聽力早大壞，這下可好，眞不曉得從何開口，就住了嘴，他也沒問，我想他心裡一定是明白的。推著輪椅穿過醫院長廊，午後的陽光往角落一吋吋退去，他不能聽不能看，被迫倉促收攤的閱讀人生，此刻瞬間換上空景，怎麼辦？我眞不明白哪個環節出了岔？

是的，父親愛看武俠不是晚年才修的課，早在他壯年的六〇年代初，我家開過租書店，店名「日日新」，取《大學》「苟日新日日新又日新」意旨。我上小學後，成了租書店的女兒。

黃埔出身的父親從砲校中校副指揮官階退下來，半路出師擺了間租書店營生，挑明了跟砲校老長官打擂台，批評我脾氣暴烈是吧？老子讓你瞧瞧什麼叫硬骨頭，書店也就開在當年台南縣市交界網寮砲校門口百公尺之遙，武俠小說誼屬客層主流，較合阿兵哥胃口，當然，架上少不了言情偵探歷史小說。至於咱父女倆，老爸專攻武俠，我呢，小女孩不好打打殺殺，歷史太深，剩下只有言情了，但我還保留偶爾越界練練武功什麼的興頭，倒是父親從來獨沽一味。那說明了他是一個怎麼樣的人。

最初，剛進小學的我僅能裝模作樣翻弄落到當包書紙的零散漫畫，等上了小二，認得的字多了，正式「下海」看小說不提，還被教會租書作業流程，充當父親偶爾出門補書喝喜酒陪客人下圍棋看店候補，我算不算租書界最小的童工？總之，管他童不童工，我白天黑夜天醬在言情小說美女俊男情史裡，我爸壓根沒想「分級閱讀」這回事。我呢，掃完嚴沁《烟水寒》、《桑園》，快攻依達《斷弦曲》、《舞衣》、《蒙妮坦日記》，或急吼吼追玄小佛《沙灘上的月亮》、《又是起風時》進度，要不來本金杏枝《一樹梨花壓海棠》、禹其民《籃球情人夢》……，惦著這本想那本，被自己擾得魂不守舍，恨不得長出幾對眼睛；舊的未看完，放學沒進店門老遠放出連珠炮：「依達來了沒有？嚴沁呢？」我爸則從棋盤或書頁間回丟個衛生白眼：「誰都沒來，人在香港忙著呢！」繼續埋首他的世界。

有個不知道準不準的印象，那年代出書之快簡直像印報紙，騎腳踏車的倒楣郵差每天都來送重重的包裹，成日都有出版商寄新書來，另就是咱們阿兵哥除了武俠還挺愛言情，沒武俠新書，順便打聽：「依達新書來了嗎？有沒有嚴沁還是玄小佛？」我把這些大哥哥引爲知己。至於我自己，小說摸熟了，自然也瞧出了個門道，言情小說有套基本公式，人物缺少理想性，情節忌拖泥帶水沒勁兒，最重要事件發展、節奏得快，否則讀者會失去耐性。（我性子急，準不定就如此這般被養成的。）這況味使得喜歡讓女主角來點古典詩的瓊瑤顯得不太「言情」。舉例說吧！嚴沁《烟水寒》第一章，早秋，開學第一天，台北最高學府T大，外文系二年級教室，旗鼓相當二死黨古典氣質富家女黎瑾、韻味天成亦筑正聊著天，男主角上場：

> 教室門口瀟瀟灑灑走進一個高大英偉的陌生男孩，他臉上帶著淺笑，……同學都停止下來，怔怔的注視這陌生人，……像一枚炸彈突然投入不設防

的地區，他是誰？……

「我是雷文。」男孩大方自我介紹，他的聲音很開朗，很溫柔，彷彿有磁力，「新轉學來的插班生！」

我現在知道了，這段鋪排無非爲三角戀情未來的糾葛夾纏預埋伏筆，總之，死黨、古典氣質、富家女、高大英偉、插班生等等設計，都爲了讓人物不死也得脫層皮。幸好，這是小說，眞實生活沒得對照組。直等到有天我從書架抽出早在那兒的郭良蕙《遙遠的路》（一九六二），小說寫一對姊妹因畫家父親過世，母親改嫁的對象只讓帶去一個小孩，於是三兄妹哥哥被大伯領養，羅凱若是姊姊比較大，被未婚的律師姑媽羅若男領養，帶到了上海，母親及妹妹凱莉則留在北京。那時候凱若才八歲，母女姊妹分隔兩地，姑媽的嚴格管教，越發使得凱若盼望有一天能回到母親妹妹身邊，但等待的路途漫長遙遠而寂寞。故事的結局其實正好與凱若原來的期待相反，妹妹和至愛的男友一起背叛了她，反而姑媽才是眞正關心她的人。以我當時年齡並不懂情愛、背叛的部分，光看見自己的遭遇，我正好有個妹妹住姑媽家，我姑媽是老師，也比較嚴肅規律，一下子，小說情節居然與眞實人生吻合深深震撼了我之外，同時興起的迷惑是，原來小說不全是殺父之仇滅門之恨小兒女情路糾葛或著高來高去的無影俠蹤。我開始思索：其他人都看什麼小說？我跌跌撞撞一路亂看，挨到小學六年級結束。

●

不久，我考進的台南德光女中有圖書館，「其他人都看什麼小說」的答案浮現了。學校書架上沒有日日新書店裡的人氣小說，有的是張愛玲、司馬中原、朱西甯、郭良蕙、孟瑤、蘇雪林、張秀亞、白先勇……我少數有印象的名字是郭良蕙、司馬中原。最讓我不知該喜還是該憂的是，張愛玲《怨女》、《短篇小說集》、《流言》、司馬中原《狂風沙》、朱西甯《鐵漿》、白先勇《謫仙記》……統統完全不要一毛錢。我開始站在生命另一列書架前面，朱西甯〈鐵漿〉裡一口灌下整臼鮮紅鐵漿的孟昭有、白先勇〈寂寞的十七歲〉裡逃避學校逃進了新公園同志懷裡秀氣的楊雲峰、林懷民〈蟬〉裡青年們夏天在台北西門町聽到再也不曾聽到蟬叫……我突然就懂得通俗小說與純文學的差別，我還明白，自己是踏著別個高度才到了這個高度。言情小說愛死人不償命的陣仗我膩了，小說除了言情總還有些別的。感傷的是，我守著這祕密不敢讓我爸知道，否則我們家那些書可以「想像」租給誰呢？

不等我心憂太久，不久砲校另遷，時代更迭，月租客人約滿即退租，零租忠誠度原本就不高，書店生意說壞就壞，門前冷落，先是每月後來是每天開店門成了沉重的事，我父親掙扎著掙扎著收掉租書店。那些書哪裡去了？我不知道。書是買的時候貴，要賣就低得太多，我從此養成自己買書的習慣，我算是清楚作家、出版社、書店的難爲。（氣人的是，九〇年代中，我開始編《聯合報》讀書資訊版《讀書人》，一路進入二〇〇五年，台灣年出版品已累進到四萬餘種，數量之大，出版社新書無不希望傳媒能廣爲推介評論，所以，大量的出版品堆滿我桌面，看著那些書，我每浮上個念頭：「這到底算是懲罰我呢？還是獎勵我？是懲罰我上上上輩子沒看書呢？還是獎勵我下下下輩子不必再看書？」最重要，完全打亂我只買書不要書的習慣，竟昏了頭異想天開咒罵局面：「爲啥我爸開書店時不送書給我呢！」哎！人算不如天算。唯一可以確定的，我跟書眞結上不解之緣。）

我們家書店倒閉了，書還是得念下去，又跌跌撞撞進了高中。七〇年代初，剛回國的林懷民巡迴全省講演現代舞，移站台南美新處，現場擠爆了，全是學生，像大家一樣，我知道林懷民是因爲他的小說，雙手抱緊《變形虹》，拚命擠到台前，（我也不清楚要幹嘛！我甚至不知道可以請作家簽名呢！）當林懷民緩緩開始以文學的語言敘述自己舞蹈生涯，滿場立時鴉雀無聲，生怕漏聽什麼；之後，這位身穿白襯衫卡其褲的大男孩，換上全套玄黑舞裝當眾示範舞蹈動作！逸出小說與另類藝術結合的形式，令人震驚，和舞蹈比起來，我更懂小說，但那一刻，《變形虹》裡受苦的年輕靈魂困在身體的情欲裡，此時以眞人向眾人展示，揭開我以讀者身分和作家距離最近的第一章。暈陶陶的我走出美新處，心底湧現一道微小之聲：「如果，我也能寫小說呢？」

●

於是，讓我們來到一九八〇年。在「如果，我也能寫小說呢？」之聲冒出約十年，我以《紅顏已老》得到《聯合報》中篇小說獎，報上連載時，插畫家王明嘉筆下，女主角費敏的型塑，與想像中嚴沁、玄小佛、瓊瑤筆下的女主角近似極了，久違的文字記憶襲來，眞正難以言說，但心知肚明，自己是踏著哪一階走到這一步的。我父親比喻含蓄：「以前我就是開間小租書店嘛！倒沒想到影響有這麼大。」我寫著寫著，每有評者指出我小說中情愛幻想具有通俗小說特質，是「挪用菁英文學形式探索流行小說的新可能」，我十分感謝：「哎呀！沒得說的，我是租書店的女兒嘛！」我很願意承認，通俗閱讀的啓蒙，我還蠻懷疑人世沒有「偶然」這回事。

●

我爸單眼〇・二視力維持了段時間，空白人生。有天回家，進門便瞄到茶几上躺著久違的報紙，老媽湊上來說：「老先生一大早突然說想看報，我趕緊去買。」深恐驚動文曲星，我壓低嗓音：「爸能看了？」老媽：「挑大字看，過個癮頭！」父親此時喚我取報紙給他，《中國時報》，他手指頭版頭題一字一聲唸道：「建、仔、入、選、全、球、百、大」，翻過一頁：「停火不熄罰五千」若無其事放下報紙，表情平靜，無聲，隱隱勝過天地洪荒巨響。

就這樣，父親在更老的老年開啓閱讀新頁。我還知道，人們學會一件事不那麼容易丟掉。爲了那幾個字，每天，我媽得花十元新台幣買報紙。租書店裡賺來的人生，現在，一塊錢一塊錢往回塡。

我妹妹

我妹妹從小聰穎慧黠，而我不。照片裡，我們站在高壓電塔下，是不可逆的磁場改變了命運嗎？我因此完整，而我妹妹生活支離破碎。（這個天使願意停下來，把被打碎的東西變成一個整體。）

我妹妹從小長得美，而我不。

在其中一張照片裡，你可以看見她十六歲時候的樣子。（班雅明的新天使：似乎祂正要離開祂凝神思考的某種東西。祂的眼睛注視著，祂的嘴張開著，祂的翅膀展開著。）

她幾個月大被我台北姑媽要了去，她漂亮愉悅明朗而且甜蜜，一切童蒙邪惡她都沒有，像個天使，所以她留在天堂，我姑媽家。我留在人間，單調的眷村家裡。

她上幼稚園時被領回台南，正式進入輪迴生活的周期。她很快地在幼稚園出盡鋒頭，她總在台上，我們是台下張大嘴巴的觀眾，而非家人。

「我妹妹」（右）：班雅明的新天使。

她小學時又回台北，有天她打電話告訴爸媽可以在電視上看到她，有個電視現場才藝節目播出她挑戰衛冕者，消息傳遍左鄰右舍，那年代我們全村只有一台電視，當天傍晚，幾乎全村人都早早擠在雜貨店等待收看播出，結果很快分曉，她沒有成功。但是她甜美的笑容和清脆的嗓音，畫面才出現我們立刻便認出她來，她從畫面上消失時四周齊聲喊道：「哦！搞什麼鬼?!」大家賭定了電視公司一定會看上她，她比我們最喜歡的童星蕭芳芳還可愛。我們一路痛罵回到家。她並沒有進入演藝圈。

我妹妹從小聰穎慧黠，而我不。照片裡，我們站在高壓電塔下，是不可逆的磁場改變了命運嗎？我因此完整，而我妹妹生活支離破碎。（這個天使願意停下來，把被打碎的東西變成一個整體。）

經過又一次拉鋸戰，我妹妹進入國中前重返台南。

她進進出出家中，她存在的方式形成一種不可捉摸的氣味，就像我母親收藏在衣櫃中的五爪蘋果，聞得到，要實實在在吃上一口是很遙遠的夢。（我一直都不愛吃蘋果，想起來難堪。對於愛吃蘋果的我同輩人，完全覺得不可思議。蘋果不是用來吃的，是用來聞的。現在的我常買了蘋果光爲了讓它在那兒「出氣」。）

國中畢業後我妹妹三度北上。

我妹妹上台北隔年端午節過後的暑假，我北上姑媽家看她，我姑媽生活嚴謹個性正直，娘家侄女當然不能塌台，我們於是被耳提面命早睡早起定食定量打理家務，要比家裡當女兒經心：「別老是少根筋！」我媽嘀咕。換了一處地方，我得以觀察她的另一種生活，我發現她活得很小心。她的聰慧在懂事後成爲她的限制，天使的羽翼垂下。

約是天生反應慢，我的叛逆期拉得很長，從初中到高中（好像到現在還是）。我耽溺在叛逆期中，所謂的青春期現象我一概漏失了。家庭訓誡歸訓誡，我另有打算，偷偷去做了條低腰牛仔褲，草綠色（我爸出身陸軍，穿了一輩子草綠服，絕對看了刺眼，我更非穿它不可。）包屁股大喇叭褲管，前面一排紫釦子，學男生左邊開釦眼，顏色和式樣都很刺眼搞怪，十足像個太妹，還不男不女。鄰居裁縫媽媽問了好多次：「眞的要這個顏色？」我愈加確定，做好後，我母親差點氣昏，不准我穿上台北，說姑媽會罵。我不理：「又不是她穿！」母親不給車錢，我說：「我自己有錢。」一直罵到我上台北，還不忘叮囑：「見了人要叫啊！不要像個野人！」我說：「總不會見了狗叫吧？」我出了名不愛叫人，越大越嚴重，我媽每次幾乎要追打讓我開口。

果然我姑媽問：「這褲子買的？」我的回答是：「我設計的。」她尤其吃驚紫色的釦子：「難怪從沒見過這種設計。」反正效果不錯，我於是成天穿著這條褲子。幫我妹妹狠狠地過渡她的叛逆期。我再也想不到，她是連叛逆期都沒有，她果然是舞台上那個曾經演過的聽話良善的白雪公主。

她在台南讀國中那段時間，我們都比小學時長大許多，我開始意識到她不是什麼明星，她是我妹妹。了解這點後，我們的距離因此近多了。她一如意料進入學校儀隊，而且站排面，每次遊行，我們大街小巷奔竄好全程緊跟隊伍，重新回到她幼稚園時期；不僅於此，她進入青春期，我們家巷口經常有半大不小的男孩站衛兵盯梢，我負責「檢閱」，鬧太凶時我會去趕人，就瞧見我拿著棒子走去「點名」，「哨兵」們便暫時解散。我在我妹妹的認知中從此定了位，是個獨來獨往的強硬派，而且不像一般女生動不動掉眼淚妥協。她知道，因爲她國一時，我初三，騎車上學路上和一所死對頭教會學校男生錯身而過時，他們丟到我車籃裡的信馬上被我甩出去。

十七歲的故事結束在一次郊遊之後。夏天緩慢過去如刑期，我越來越不甘心日子如此沉悶乏味，爲了喚醒我奄奄一息的內在野人，我密謀我妹妹找同學去烏來玩，一招一大群，不少同學的哥哥衝著她參加，她沒有失去光亮，卻過得像個灰姑娘。

好不容易瞞天過海敲定行程，出發那天，我們不斷轉換公車朝目的地前進，還眞清貧，我逮住機會「犯規」在車上啃番石榴，我妹妹羨慕極了：

「好有個性喲！」

那次旅程唯一稱得上的豪華版是不知道誰帶了照相機，幫我們拍下十七年來第一張我和我妹妹的合照，（我們家庭照都沒有她，我姑媽家族照總有她。）天使與逆女。不久我得了一個小音樂盒，盒蓋內裡可以鑲嵌照片，我把照片剪小放進去，然後不時扭緊發條，音樂溢出，我掀開盒子注視我的十七歲和我妹妹的輪迴家庭生活和十六歲如天使般的容顏。音樂是〈我的家庭〉：「我的家庭眞可愛，整潔美滿又安康……」眞眞俗濫透頂。

我狠狠在台北住了一個多月算夠本了，並且在那裡度過我十七歲生日。

而那次夏日郊遊，最最得意的回憶，當然是照片記錄下了那條喇叭褲，搭配我自己剪裁及腰花上衣（有些露）。紅配綠，你可以想像那有多怪，原來我不止男性化，還色盲。奇特的是，我有種錯覺彷彿在那一刻我停止了成長，那條褲子我永遠脫不下了，它經常出現在我年輕時有的少數照片中，後來她獨自搬出去住，我再度穿著這條非穿不可、個人史意味的長褲去看她。最後穿著它進了軍校。之後上過玉山、士林夜市、石門水庫、北海岸……我後來的褲子即使不是草綠色，也是另一種形式的草綠色。

多年後，我妹妹倒回頭走，嫁回台南安定下來，宿命般，她嫁進的那個家，三代同堂，她再度活得小心翼翼面面俱到，她的遭逢，因爲年齡接近，幾乎與我十七歲或者一生並行發生，而她，走往另一個結局。她的台北「天堂」生涯給了她過人能幹的養成訓練，所以她生下雙胞胎兒女帶孩子照料全家老小眞正做到絕不假手他人，我媽衷心讚美：「妳妹妹招呼起孩子公婆丈夫眞細心周到沒話說。」（那屋裡還有一個是乾媽呢！）

草綠色牛仔褲遂成爲我曾經不羈的十七歲戳記，重重蓋在我青春生命上。

有天和妹妹聊起以往，她透露其實以前好氣，爲什麼獨獨把她一個人丟在台北。我終於想起那年去看她的原因，是端午節前她打電話回家說她很好，但是好想吃媽媽包的粽子，之前我剛讀完郭良蕙小說《遙遠的路》，內容敘述一對姊妹從小分開，姊姊送給遠在異地的姑媽。小說中是姊姊非常非常孤獨。

我開始是要說關於十七歲和一本小說的聯想，結果卻變成我妹妹的故事。

小東路15號（之一） 030

你們並肩踱步長廊盡頭復踅返，來回匝繞，最終漫出了醫院範圍遠往喜樹海邊夜遊，天亮前，他翻牆回醫院，成了某種程度上的你們之間定格畫面。再不久，他退伍。再見都沒說，你們分別離開了小東路。

每天早晚至少經過兩次，你不可能不想到他。

晨光灑金鑲銀布於老芒果樹冠、陳舊紅牆面、斑剝灰瓦頂、神秘林間小徑、湛藍雲翳、時光網膜……多麼印象派，今天疊著昨天的記憶之磚，砌成一座如與生命同步發生的被廢置樓中樓，靜靜等待歲月清倉那天一道埋棄。

回程倒走同樣路線，十字路口交通號誌一越子時自動轉為閃黃燈，南都最晚的晚上。記憶此時在你左邊，月光下閃出一條翻過牆頭而去的輕快身影，重新編織現在的這道複習題，你一遍遍問：「他那時在想什麼？」不關心現在的他，你比較想知道過去的他。

有些故事是這樣開始的，沒有任何作用，不教會關於成長修行喜悅痛苦等等，比較像另一個生命依著你內在活出另一個樣子。那些年你在軍中，每週末回南都，笨手笨腳騎機車載母親，她腳踝捲進輪胎鋼圈被送進了陸軍八〇四醫院，折騰得夠狼狽且晚了，你確定得請假，軍醫院的行政部門之辦公室微弱燈光從角落暈出，你朝光走去，有個小兵背住門站立拉小提琴，望著攤開譜架上的琴譜，聽起來是名新手，那姿勢那情境，好華麗的人生夾層影像。你外頭聽了會兒才推門進去，說明來意，軍用長途電話鑰匙不歸他管，得等明天找士官長。第二天週日，又是他一個人，安靜地閱讀英文書，你莫名其妙有點意見：「眞不閒著。」電話接通，第三天第四天母親都出狀況，你繼續電話請假，有天同時瞄到他的兵籍號碼代號：「你是南部人？」兔寶寶牙笑開了：「我在這裡出生。」你好訝異：「八〇四？」沒有一點軍眷氣質，當然不是，並非每個人生都在八〇四出生，人家說的是台南。

那些週末下了火車便直接往醫院報到，穿過長廊抵達病房，如同紮營，換個地方而已，營友是病人，營隊生活是聊天、看書、散步，這個營區不管從醫院哪個方向，都能望見辦公室如球體中心透析清光。八〇四早期日軍步兵第二聯隊營舍，樹高牆深，明治末大正初時期作品，類西洋型制巴洛克風格建築物。

都要出院了，母親卻因盤尼西林過敏休克，你趕回醫院，在某些固定時間，譬如晚點名，他會從辦公室穿過病房長廊歸隊，你這時往往正坐在走廊石欄，你們打招呼，不外：「嗨！」你散步時間越來越長，醫院生涯的不安和篤定共生連你自己都不解。有天下了火車，一出站門便看見他排在買票隊伍裡，兩人散步走回八〇四，少數的對話，已經足夠你排妥他的故事系，如複製自己，那種熟悉感，使得感情不會是最重要的關係認證。

有天晚點名早過了，並沒見他步過長廊，人在服役，定時向隊上報到，不會憑空消失。時代所隔，八〇四成了座落寞的醫院，病人稀少，仿巴洛克風格建築體適合做古蹟，當病房怪了點。幽森長廊盡頭是產房，產房外種著高大的雞蛋花，幸運的嬰兒聞著雞蛋花香被推出產房，你就是。連體建築其中一間是實驗室，隔窗戶內視月光投照在一排胎兒標本上，未成型的人的原初（層層疊疊的人與非人世界），嚇得你急忙轉身，看見了他，穿著醫院病服，急性腸炎，病房燒了兩天，這會兒出來透氣。是嗎？

你們並肩踱步長廊盡頭復踅返，來回匝繞，最終漫出了醫院範圍遠往喜樹海邊夜遊，天亮前，他翻牆回醫院，成了某種程度上的你們之間定格畫面。再不久，他退伍。再見都沒說，你們分別離開了小東路。

但你知道，小東路重逢，時間早晚而已。現實的原址上，醫院早已他遷，成功大學發展基金進駐，除此，由外望去，你很清楚，生命的地址：小東路15號。

時光遙隔，今天疊著昨天的記憶之磚，小東路15號八〇四醫院，成為一個落寞之夢，靜靜等待歲月清倉那天一道埋棄。

小東路15號（之二）

產房以長廊連接每一幢，生命系統的迷宮，你十分堅持，那天，你躺在娃娃車由產房緩緩被送出去，身上包裹著淺綠色棉質平口布，斜角上空綻放著一朵朵碗口大小雞蛋花，（你選擇的記憶之二：一直知道雞蛋花最香。）這世界以血腥及雞蛋花香迎接你。兩次。

曾經這裡（小東路15號八〇四醫院，四總。）是一個試場，測探你是否值得人世活下去，如果通過，那麼自你出生七月黃昏那一天以後，你會在十八年後同個月份，再度走進這裡，檢視那年以來，你是否對得起你的身體，如果通過，你將取得離開這裡的鑰匙。前者時間點，是你的出生，後者，是軍校體檢。

當你出生，前置胎盤，母體大出血進了八〇四，懷胎以來，你一路被不明的體質排斥著，得安胎，（注定你是不愛動的人子）母體動輒大小出血，滴滴答答的人世雜音順著臍帶洄游。

孕婦送進產房，「先保大人！」你父親再三交代，不是不愛未見面的任何人或你，醫療荒的年代，哪來選擇？你血路中呱呱被生之手逮住，（你選擇的記憶之一：一直知道血最腥。）免於死難，於是你貓叫泣訴：「咽咽咽！」母親開始血崩，醫生極悲觀，父親即便頑強這刻也不禁求人：「死馬當活馬醫。」醫生開了針劑處方，日製，中正路上大藥房去買，很貴，一劑二百元約整月薪餉，軍醫院沒有，先買三劑：「盡人事聽天命。」這些話不知道爲什麼日後被轉述時聽來竟那麼科學。

八〇四在小東路頭，15號之前其實沒民房，坐落著鐵道、倉庫基地，挖了條「坌坑」隧道，讓火車在平面道路上方駛過，多奇怪的構工，但那是交通爲先的年代，因此形成「坌坑」兩頭坡道既下降又上升的景象，多年後，你再回來，還走這路，還一樣「坌坑」，你每每笑著不解著安心著穿過，這世界總有不變的事物。

好了，你爸拚了命騎單車往中正路衝，（哪來的錢？事後你想，爸爸那年才三十五歲，已經獨自面對生死交關。）那麼貴的藥眞的有，（日後你長大，三步一店，五步一鋪，你很快明白南都是藥房之城。）往醫院回頭急馳，騎下坡道（是坌坑，避開平交道等火車的可能），迎面一個徵兆，坡道中央躺著車禍渾身是血的傷者，那時的父親對血意象格外敏感，「是小黑！」好友的獨兒子，家長都上四十了，再生不出另一個，見到父親哀哭道：「伯救我。」你爸迅速判斷，小黑年輕有救，但若不立即載走很可能被視線障礙來車二次輾過，血崩的妻子這會兒是死是活聽天由命。父親費了番力氣，把小黑抬到單車上，推上坡，送進不過一百公尺外八〇四，交給值班急診才直奔產房，（就不懂，沒藥，不能派輛軍車送人往返買藥？）趕去產房，（誰決定的？產房、手術室放在最後幢？）等等，接下來實在有些八點檔，但真的衝進產房，人全不見了，父親大喊，以爲來遲，慢點，醫生聽到聲音出現了：「怎麼去那麼久？你太太突然血止住撿回了命，現在人在恢復室。」父親答非所問：「我碰上老友小孩車禍，先救他。」醫生：「大概你做了好事，所以奇蹟發生了。」

最後幢的產房以長廊連接每一幢，生命系統的迷宮，你十分堅持，那天，你躺在娃娃車由產房緩緩被送出去，身上包裹著淺綠色棉質平口布，斜角上空綻放著一朵朵碗口大小雞蛋花，（你選擇的記憶之二：一直知道雞蛋花最香。）這世界以血腥及雞蛋花香迎接你。兩次。角色沒變，你母親和你。

至於體檢，你其實陪檢角色，安慰非眷村出身同學：「就當參加救國團營隊。」因爲不求上，埋頭胡寫無心經營，試場作弊作翻了，老有天外飛來的答案半途掉在你桌上，你看也不看轉手，只有智力測驗是獨力完成，沒人有絕對答案，加上題目太多，沒時間作弊。多少分？詭異地接近天才，你日後懷疑那是不怎麼專業的性向測驗，測試適不適合當軍人，可又頂古怪，畢業分發部隊，若想考研究班，智力測驗得過九十，否則補考，又像眞的智力測驗。總之，邪門透了，體檢、考試，層層疊疊過關斬將，最後，你一個人通過。

所以你從頭便想問：「是補償我在這裡差點沒命嗎？」同一道門，你出生並離開，人世的第一個地址：小東路15號。

三個月大的「扁頭」，姑媽和媽媽（左）。作為記憶游牧旅途上時空疊影，在小東路15號之前抑或之後？

▶▶ 小東路15號（之三）

小東路15號一別，有十年以上了嗎？你不會說真是恍如昨日，昨日的那個身影旁邊不會跟著個小人兒、女子，兒妻。埋著頭的你往電影院去，同樣（陌生）路線街景，因著他與妻兒的參與，有了不一樣的結局，多麼的後設。

八〇年代末台北民生東路末段你一次次無法（刻意不）避開的成爲路人甲乙丙丁……，整條路途陌生人，你的都市地理學必修。毫無疑問，以這條路爲主軸的兩旁的社區清楚規畫出這座城市那個年代的中產階級象徵名詞，這和以前的南都小東路多麼不同，小東路兩旁醫院、學校、營區、砲兵學校、兵市場、湯山新村（女作家袁瓊瓊的老家呢！）、榮民醫院（更早期六〇年代還有鳳梨罐頭公司、電機廠房……）等等完全不商業區塊。

這裡呢！你游牧紮營的新地址，路兩旁店家，是更疏離的城市元素拼貼出的有著（冷漠）雅痞風格東區：奇花異葉怪怪菓鮮花店、清淡只少數精品（其中一間日後成了前元首的家庭洗錢傳說網絡之一，誰說數大即美？）的銀樓、粉紅水藍淡黃淺藕溫暖色系完美比例的小衣服鞋子護手套帽子童裝部、單一食品溫州餛飩粽子店、社區書店電影院、骨董民藝苑、只剪不洗頭髮型設計者工作室、熟食咖啡座……星球。好嘛！你總是埋著頭試著一次次從住處搭電梯（太空梭？）下樓，穿越一間間（荒蕪）商家，你最常去的地方是電影院、書店，從那裡進入一個虛構世界。

終於有一天，你明白了，（格格不入）反差台北學已經成型，未來還有什麼跡象向你顯示，等著看吧？（電視影集裡，一個紐約市住民在買的二手車裡發現了美金五十萬，他毫不遲疑的用來幫助窮人孩童，查案警探問他：「在一部舊車裡找到五十萬，你不會覺得很奇怪嗎？」那人清朗開懷笑著說：「不會，我認爲那是神蹟。」警探失笑離開時突然有名路人牽著一隻兩人高的長頸鹿朝他走來，三者錯身而過，城市一角再沒有的奇怪畫面了，警探再度失笑抬頭觀天，直視到一道奇異亮光破天向他閃爍如打暗號，此時雨也開始往下灑落，警探朝牽長頸鹿者問：「今天是星期天吧？」禮拜之日。）這個城市你不會遇見長頸鹿，會遇見什麼呢？在這城中之城極具人文氣質的社區？

終於有一天，長頸鹿被牽到你面前，只是這次，是以一個人形出現。

小東路15號一別，有十年以上了嗎？你不會說眞是恍如昨日，昨日的那個身影旁邊不會跟著個小人兒、女子，兒妻。埋著頭的你往電影院去，同樣（陌生）路線街景，因著他與妻兒的參與，有了不一樣的結局，多麼的後設。你們不偏不倚在無路可躲的轉角迎面遇見剛買了電影票的他，（一次撞擊。如果有路可躲你會嗎？）也許是時間沒到，此人幾乎沒變，仍然如明礬功能，明日小東路十五號與昨日小東路15號在你游牧旅途上疊影，時空調度，你竟頓時記不起所有台詞，不，你沒有台詞，你們以前便很少交談。很短時間很少交談，別後已然被交代了，距離小東路15號三百公里之遠的虛擬之民生東路，你們再度共處同一條路同一社區（空間），該怎麼看待這樣的巧合？這是個前網際網路時代，沒有神蹟，且除了屬於記憶最底層部分，人們完全不必靠交談來了解，至於要知道一個人的其他，連共同朋友都不需要，上網搜尋就有了。你無意跟他在網路碰上，也不該在路上，你遂以最快速度離開，唯當下的你很確定，現在要找你不會太難。

你並沒有走進那家電影院，同而不同地共看電影的感覺如何呢？那恐怕是另一幕後設電影裡才有的開放性結局了。

重回人世第一個地址四總，你不會說真是恍如昨日，但那些昔時故事光暈，迎候你
降生的血腥與雞蛋花香氣，彼此擁抱提攜的家人，你清楚他們都已進入虛構世界。

▸▸ 男孩老師和他的小學生 044

三十二年時間過去了，師專畢業貿然跑進外省眷村世界、挑起升學班重任的大男孩，人生的第一份工作，如今，成了他最初學生們最底層壓箱記憶，一個都忘不了。學生裡有一位日後當小學校長，參加校長講習，上級單位裡有雙眼睛盯著他，很嚴肅的：「舒治平，你給我站好講話。」誰如此訓校長：「啊？」校長的小學老師，張國雄。

很快的你們就來到三十二年後。你們是誰？復興國校五十五年畢業班同學。而你，招了吧！一名扁頭。

復興國校在哪裡？台南縣永康鄉（現在升格永康市了）網寮影劇三村學區；影劇三村歸屬哪個單位？陸軍砲兵學校、砲指部。

你們的畢業照，照片上方曝光技術陽刻字：復興國校第八屆畢業學生暨教師影五十五年六月。

算算，裡頭五十八名學生，十八名老師裡，除了第一排右邊數來第八位你們的導師外，其他是陪榜。第一排左邊數來第九位坐著不太會講國語的校長，（對不起，忘了校長大名了。）他左邊八位女老師，全影劇三村住民，不是師專畢業即分發到校的鄰居姊姊輩，就是資深教師鄭媽媽那種長輩。同學呢？有一半幼稚園起便一塊打混。（是的，那年級就你們一班。）

五十五年班小學史，四年級前先是村裡小黃老師教，再交給大黃老師，（她倆和你家住同一排呢！）小黃老師家隔著條小巷，院裡有棵參天巨玉蘭，季節雨日子裡，香氣陣陣襲來，你一輩子都愛這類喬木花樹，嗅聞著不僅像回到家，根本就是老家。所以，你們怎麼可能怕老師？（你凶我告黃媽媽，黃伯伯跟我爸同單位，你哥跟我哥成天一道打彈珠偷甘蔗……）家家酒似讀到五年級，來了個大胖男老師，（對不起，我雖然記得，但不能告訴你名字。）你們的世界第一次大旋轉。再不知天高地厚，總會升上高年級，這天來臨時，第一名到最後一名都得面對升學，大胖見你們散兵游勇，求好心切吧？打得你們個個皮開肉綻。

大胖那口日式國語、抗戰似的狠打，都讓我們班又哭又笑。想想，我們一路小黃老師、大黃老師、胖慶瑜老師，不僅都是年輕溫柔女生，而且國語是國語、長相是長相，你們早習慣這「層次」了。總之教室從此鬧鬼似的，不時傳出哀號聲！能不叫嗎？排隊上台領考卷少一分打一下，有天你這不信邪的，一路被大胖追到教室門口二十公尺對峙：「再敢打我！我告督學。」校長都聞風而來：「按抓？」扁頭天生腦容量小：「打人！打得女生裙子都飛起來被男生看光了。」大胖：「你考一百分又不用挨打！還沒領到考卷就跑！」「哦？（怎麼搞的？第一次考一百分就出事，哎！眞倒楣。）還有下次咧！（你嘴巴不認倒楣）」還下次，不久大胖老師就走人了。

這下可好，升上六年級，兼課國語老師滿清遺老似大熱天也穿長袍代導師，看著都缺乏積極性。但升學班誰幹啊？更大的旋轉來了，補來了個替死鬼，張國雄，本省人，剛從師專畢業，白皙清瘦。「是個大男孩嘛！怎麼還沒長好就來當升學班老師了？」家長交頭接耳。

我們那班絕大部分是眷村子弟，但也有些附近「田庄」孩子，女生都比較沉默害羞，男生曬得臉膛褐紅大個兒，感覺更像叔叔輩。農閒時才是他們的開學季，經常帶些地瓜、楊桃、芒果、芭樂分給班上，但好不容易進了教室，沒坐多久，外頭就來喊，不是叫回去割草、飼豬，就是顧弟妹。而這些種田同學，一年拖一年留在學校，看上去比張老師年紀還大；（照片裡那些終於畢業的男生比最高個女生還高一個頭）而我們班上早熟發育良好的女生，比張老師看上去小不幾歲。

剛跨出師專校門的張老師，一看這班成績，肯定刺眼極了，怎麼參加聯考？沒補過習不說，且好土的連模擬考都沒模擬過。在校長主持下，快快連夜召開家長會，主題：「貴子弟要不要升學？」外省軍人沒田產，除了念書沒別的路。大夢初醒的家長們紛紛同意放學後留校補習，早上天沒亮就得去學校，起早趕晚加緊進度。早也上課晚也上課，一年當五年用。（還有插花寄讀的呢！）就這樣，我們趕上了那年代時髦的天昏地暗的補習潮。幾個月後，初中聯考放榜，張老師把十個以上學生送進了公立中學。原本，估計有五名到頂了。

我們頭也不回的跨出校門，沒有半點離情，反正回到村子又見著了。於是，我們這班從沒開過同學會。

三十二年後，一九九八年，一封信來了：復興國小五十五年班同學集合。集合地點：網寮下坡。（別問我這是哪裡？反正影劇三村復興國小走出來的都知道。）用餐地點：紫湖餐廳。集合時間：九月二十六日教師節前夕中午十一點至十二點。

十一點，四面八方人影網寮下坡一站，再自然沒有就聚上了，紫湖沒開，怎麼辦？沒問題，小東坡大魯味早擺好桌子了，五桌，咱們同學開的，二樓整層都讓了出來，先到的喳呼道：「張國雄老師、師母、師妹都已經到了。」

登上樓，梯口才露臉，便是張老師點名：「黃惠齡」（這插花寄讀的也來同學會，眞有癮）、「張萍芳」、「郝珊梅」、「鄭隆重」、「傅厚琦」……一時間你們比當小學生還幼稚的喝喝傻笑撒嬌：「老師還記得我？」「怎麼不記得？你第五名畢業的，差半分考上市女。」這下，每個人都迫不及待地圍著張老師換取記憶。

隨著等候時間過去，陸續上樓的

同學往往聲音先到，「這是誰？」張老師：「牛麒麟。」「誰？」「楊恩慈。」「誰？」「陳詩君。」「誰？」「林明珍。」彈無虛發。

三十二年時間過去了，師專畢業貿然跑進外省眷村世界、挑起升學班重任的大男孩，人生的第一份工作，如今，成了他最初學生們最底層壓箱記憶，一個都忘不了。學生裡有一位日後當小學校長，參加校長講習，對著上級單位侃侃發言，順的咧！上級單位裡有雙眼睛盯著他，很嚴肅的：「舒治平，你給我站好講話。」誰如此訓校長：「啊？」校長的小學老師，張國雄。老師改了名，學生不認得了，老師倒認得學生。

就這樣，一場遲到的同學會從早中午揭開序幕，喝啊！吃啊！鬧啊，比

三十二年後，1998年，眷村復興國小五十五年畢業班同學集合，那是你們最後一次回返張國雄老師猶在的從前。

手畫腳，就差沒在桌上劃條線，回味小學生最愛的楚男漢女遊戲。中飯開到三點，菜留著，晚上再吃，先回復興巡禮。校門怎麼窄成這樣？椰子樹何時種的？雀榕怎麼如此茂盛？夾竹桃居然是這怪味？這次，將是你們最後一次回返從前，復興國小被一牆之隔的復興國中徵收，復興國小及影劇三村都將拆除另建。你們的眷村你們的小學，至此，整個大旋轉。

晚上，同桌菜加熱，還住眷村裡的父母兄弟姊妹全叫了來，張老師記得他們，父母們都很高興再見到張老師，多開出兩桌，再上酒再聚，小學生話永不嫌多，以前不知道講的什麼，現在還是。

張老師眞能喝，這時就看得出那些比較年長的男同學年長在哪裡了，他們說：「告訴大家一個祕密，以前老師上課前都喝了酒噢！」「眞的啊？」天眞訝異小女生。張老師坦然地：「是啊！我第一次教書就碰到升學班，我一個晚上背熟你們名字。站上講台比個頭你們班有些男生比我高，比教學，你們班有數學天才，我怕死了又不能表現出來，每天我喝了酒才有勇氣走進教室打你們。」小學生此時此刻全紅了眼球，頭一回自動安靜下來，久久，當年的班長帶頭舉杯打破沉默：「敬張老師！」

老師和他的小學生一路喝到接近子夜。老師還不老，學生不小了，有了自己的社會習性：「走！唱歌去！」不良幫派分子般佇在路邊三言兩語打暗號似說定哪家KTV、報誰的名。進了KTV，小學生本色復活，搶著使出拿手歌，〈今宵多珍重〉、〈寒雨曲〉、〈三年〉……，不覺天色已白。這次，當大夥兒再度各奔前程，才轉成眞正大人。

兩年後，你接到一通電話，「爸爸癌症過世了，後事已經辦完了，他走得很平靜，是告訴師姊一聲。」國雄老師女兒前來報信。你握著電話半天才回過神：「謝謝你，我希望你知道，你父親是這輩子最讓我感動的老師。」

「我知道，所以他才會帶我和媽媽去參加你們的同學會。從來沒有過的。」

你總在嘴上的一句偏見：「老師是越基礎的越有良心。大學不如高中，高中不如國中，國中不如小學。」現在，你願意說明偏見之緣起——是的，都因爲你的國小老師。

今年你們班來到畢業四十年。這篇遲到的書寫，獻給張國雄老師，以及咱們共同的小學經驗與美好同學會。

▶▶ 邪惡小女生 052

小女生們很想打探臉紅紅老師不上課的時候做什麼？（知道了要幹嘛呢？威脅他？讓補習無法繼續下去？把失去的生活方式要回來？）你們吱吱喳喳興奮的忘神成了另一齣戲，守在暗處，不肯撤退。

你們擠在轎車裡，黃昏天色封閉的座艙，時光膠囊，你感覺像個娃娃車駕駛，乘客中有瞬間老去的妹妹、右手左腳零件失靈的嫂子以及好動老娘一路沒停過，誰說話都能接，什麼芝麻綠豆事全記得，還好奇怪的束腰外穿，坐骨神經壓迫心理症候群，挺像做造型。

你們疾行在南都近郊仁德、歸仁鄉路上，一路忙著分辨林立巨大且內容混亂的店招：家具城、拉麵屋、冷飲連鎖、機車行、現宰牛肉、鮮魚湯、頂魚翅、菜粽王、檳榔幼齒……頭昏眼花如掉進混沌原初。活該你牽拖這群低齡裁判為新配的眷村國宅選購的家具廚具家電當評鑑，這時的你行駛在生活的另一邊，不知怎麼你老閃神一再錯過要去的店家，所以是時差嗎？青年離家再回航，時差特區產生了，送這批膠囊娃娃去修會不會有點改善？說不定根本沒什麼時差特區，你只是堵在重新構造家生活的關卡上，被熟悉又陌生的人事時地物擾亂了。（總有一天你會因為好動老媽沒有穿束腰而覺得不像她）忽然你媽告起洋狀：「紅毛記得吧？」你小學同學、鄰居，髮色偏朱褐綽號紅毛，有名的恰北北。（相信我，這在眷村絕對是讚美。）

「她不早結婚了——」話沒收，好動老媽極精準搶先半拍：「早離了！現在回來照顧她媽黃婆。她到處說你小學功課雖然好，但中學留級，我罵她才留級呢！」你淡淡的：「是啊！我中學留過級你都不記得了？」老母有點受挫，你可是話題來了：「我們村復興國小畢業典禮，邀請我參加咧！」你媽：「看看！功課不好學校會請你？」一場混戰，你們又小小拌了個嘴。

把膠囊娃娃一個個送回基地，時光座艙終於只你一個，你這時完全可以作主了，但你也不過方向盤一拐轉入勝利路大學路口，一百公尺路邊停住，就這裡了，瞧瞧，可不輕易就溜進行為古怪的小學生涯最後一役主將駐紮地。

你來到小學六年級，那年，你們班臨陣換將一位師專剛畢業二十歲出頭的男生當導師，白白瘦瘦，走路拳頭握得死緊，紅著張臉被校長領入教室，（後來知道了，初出江湖的敢死隊，怕傻了，沒人可問，呆呆的灌上半瓶酒暈暈忽忽才有勇氣進教室，臉不紅才怪。）校長離開，留下他一個人，這位獨立敢死隊員走上講台，擴音器壞掉似放聲問你們有沒有信心考上前三志願，「哪有可能！而且前三志願是哪三間？」獨立敢死隊員大驚失色忙把家長找來，商談夜間補習事，不收費，最後一節課家裡得給小孩送晚餐便當，反正從此你們每天清早被大夢初醒的家長趕到學校展開三更燈火五更雞補習歲月，小學樂園迅速變成另一個地方，你們心有不甘的結束了童年，而且你們住眷村天生的包打聽，敢死隊老師寄住勝利路郵局做事叔叔家，2路公車可以到。

一晚下課後，你們幾個女生莫名其妙上了2路公車，潛進勝利路、大學路口一面是成功大學一面是窮理致知的牌坊下，旁邊站著一排兩層樓建築，邊間正是郵局，小女生們很想打探臉紅紅老師不上課的時候做什麼？（知道了要幹嘛呢？威脅他？讓補習無法繼續下去？把失去的生活方式要回來？如果你說在場的小女生不久後參加初中聯考全考取了前三志願，你覺得她們守在暗處是爲什麼？）你們吱吱喳喳興奮的忘神成了另一齣戲，小女生守在暗處，不肯撤退。（多年後，你到成大教書，每天光明正大開車經過舊址，走著走著撞見過去，你的時差是永遠不會消失了。）於是此刻，記憶自動調焦，老郵局建築物拆除清場，新的樓群正在趕工，光纖現代化學生宿舍。當然，你得再調動原初場景，進入一幕長鏡頭敘事情節裡，在那個畫面裡，你們久久不動，仰望二樓小小方格窗口的暈黃燈光，沒有計畫，沒有劇本，好幾次你們嚇得大叫，以爲老師朝你們望來。（多年後的小學同學會，「那天晚上你們是怎麼回家的？」張國雄老師賊賊的笑著問你，你跟老師乾了一杯，嗯，「一定要紅著臉回家。」你說。）

你們錯過了最後一班公車，只好走路回家，相信嗎？這班功課前十名女生都在場了，一群邪惡小女生，你生平所知年齡最小層次最低的女偷窺狂。

鄉關何處

扁頭返鄉試煉關卡次第來到，（《奧德賽》，英雄返家十年路途，遇風暴、獨眼巨人、女妖、雷擊、船難……終與家人團圓。）那些化身為厚薄大小不一塑膠妖怪們，鮮豔橘紅、青藍、油黑色氣息掩面撲鼻而來。

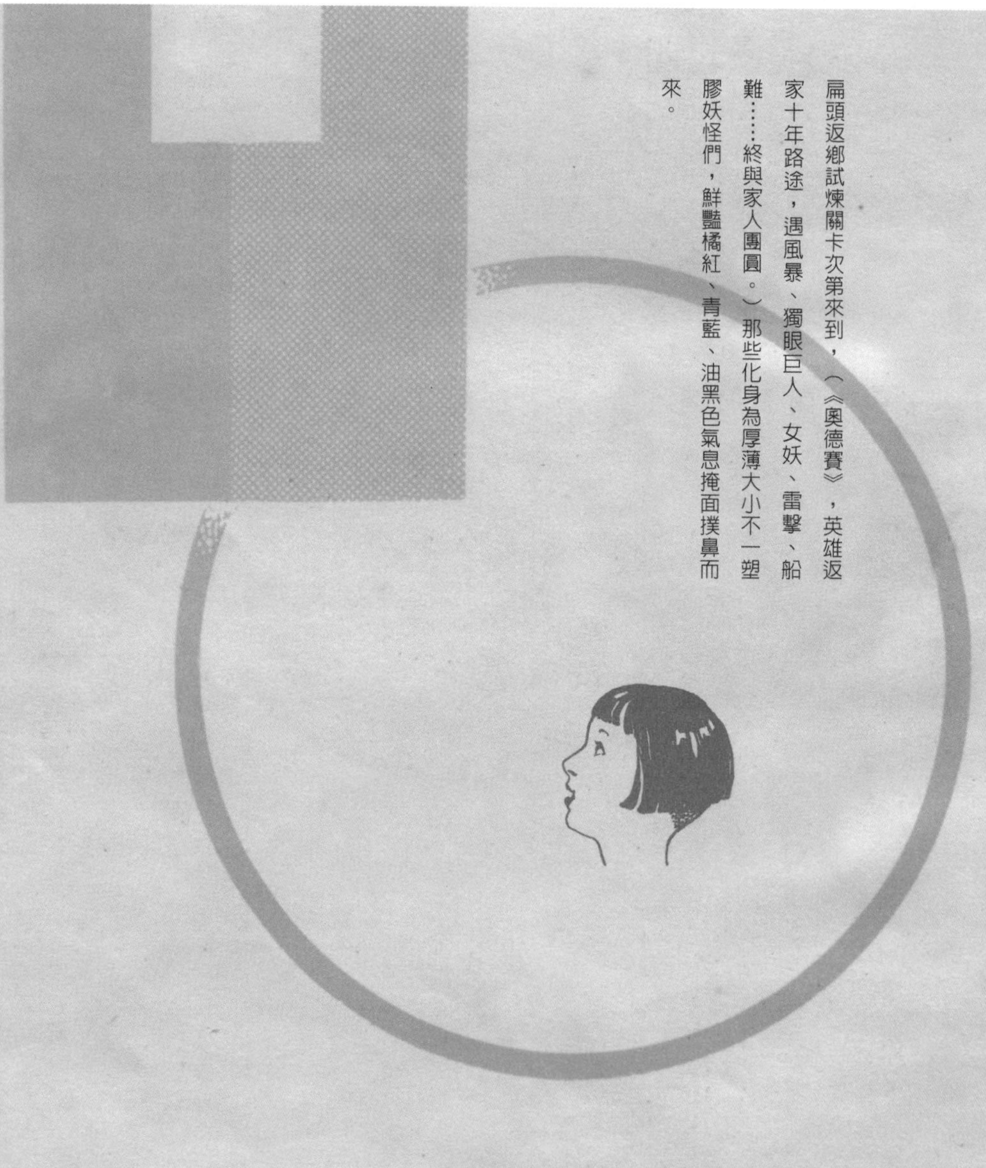

一名高中畢業女生在上個世紀七〇年代離開台南之初，台灣塑膠工業剛剛起飛，塑膠製品，大概是簡樸度日那輩最淡薄的記憶與材料，如果知道塑膠袋大軍隨後追到，怕早早要嘆「鄉關何處」了！

於是，就叫她扁頭吧，想想以下畫面，杯子、盤子、鍋子、櫃面、抽屜、衣服、鞋子、食物、掃帚、洗衣機、垃圾筒、米箱、藥品、衛生紙……層層疊疊外包塑膠袋，沒那麼大的塑膠袋？開啥玩笑，拆裝組合塑膠袋，扁頭娘最在行了。

是了，新世紀返鄉路，扁頭碰到的敵人，塑膠袋。（「塑膠材質：聚氯乙烯聚乙烯聚丙烯聚苯乙烯……有毒物，塑膠中的毒素容易滲入食物中，塑膠瓶裝飲料，也容易會有微溶現象。」在這裡，沒人相信。）各類色樣款式新舊不一塑膠袋，扁頭沒想到，就在她不在家的年代，扁頭娘成了塑膠袋專家。季節還用不到的電風扇客廳豎立，（放心，放心，當然全副塑膠武裝。）「怎麼不收儲藏室？」「要用的時候方便！」「眞的嗎？」儲藏間不就緊挨著客廳？很方便啊！扁頭於是好好奇拉開儲藏間門，頂燈光照下，劈頭劈腦——算了，不說也罷，「什麼怪味？」清潔劑：洗衣粉、洗碗精、漂白劑、強力除汙噴霧劑……哪有電風扇的份！

扁頭返鄉試煉關卡次第來到，（《奧德賽》，英雄返家十年路途，遇風暴、獨眼巨人、女妖、雷擊、船難……終與家人團圓。）那些化身爲厚薄大小不一塑膠妖怪們，鮮豔橘紅、青藍、油黑色氣息掩面撲鼻而來。（「染有顏色的塑膠品含鉛或鎘等有毒物質。」我用了一輩子，怎麼可能？扁頭娘說。）扁頭不吭聲「殲滅」打回環保道，第二天，情境再造，改裝爲報紙加廉價大陸衣服當墊底，扁頭娘火大了：「不准再丟我東西！你不懂，不墊，衣服容易變黃！」手心沾滿賊黑報紙油墨，難道自己瞎了？毫無辦法的給他照樣「殲滅」。現代化分開了扁頭和扁頭娘，（也許早早就已經）分道揚鑣，扁頭選擇留在從前，（沒有）未來化工用品成了家庭主流！扁頭成了扁頭娘的頭號敵人。（化爲一名外邦人……勤快的侍從們在他身旁忙碌著，有的調酒，有的擦拭桌面，他內心悲苦難言，幻想著回歸家園，重新擁有自己的家。——《奥德賽》）

文學始於懷疑，扁頭老早就懷疑新（老）家是復刻文學經典的現代版演繹舞台，《奥德賽》啓示錄同時貼出的戲碼是契訶夫〈套中人〉，這是扁頭娘不可或缺的人生參照以及從未聽聞卻徹頭徹尾踐履的文學導師。於是每天要點的眼藥水包著醫院小藥袋、大藥袋、透明塑膠袋、紙袋最外層是紅條紋塑膠袋，（別里科夫的傘裝在套子裡，懷錶裝在灰色鹿皮套子裡，……刀裝在小套子裡。就是他的臉似乎也被套上，因爲他總把臉藏在豎起的衣領裡。他戴墨鏡，穿絨衣，耳內塞棉花，當他坐上馬車，一定吩咐車夫支起車篷。——〈套中人〉）「不嫌麻煩？」「眼睛要點，當然得包好！」還好不是「救心」，終於拿出來打開，人八成已經掛了，急死的。蒜頭、薑、香菇、花生、木耳……一律套上各種包鮮物，尤其是蔥段，洗好後報紙先包一層，再放塑膠袋裡塞進塑膠盒：「蔥不能曝在外頭，蔫掉就不能用了。」不可思議了吧？還有，衣服套在不要的衣服裡，肥皂、曬衣夾、洗衣機、隔熱墊、私章、存摺、戒指、鞋子、湯匙、開瓶器……統統套起來。（他躺在棺木裡，面容溫和，愉快，甚至有幾分喜色，彷彿很高興終於被裝進套子，再也不必出來。——〈套中人〉）

春夜，推開洗衣陽台紗門，昇得半天高湛藍明亮月光由玻璃窗折射在安靜的小物件世界，公平的溫柔的鋪照嚴密套實塑膠袋的拖把、掃帚、水桶、抹布，彷彿訴說清潔工具也有它們的潔淨權，但光可鑑人的客廳地板說明了才剛被拖把家族整治沒乾透呢！（「埋葬了別里科夫，可還有多少一代一代這類套中人活在世上啊！」）小說是複雜的，人生也是，此刻，扁頭癡站著，屬於華麗的文學否想，究竟該不該如此入戲？扁頭猜自己的意思是，不是什麼生活都必須有個文本。

互助會 060

俄人不僅喜歡藝術與人共看，也好酒，天寒欲雪，光文學意境的紅泥小火爐是不夠的，還得有酒才足以挺過嚴冬，但買不起整瓶伏特加是那時代的普遍現象，於是發展出一種酒的互助會，是的，互助會，伸一根手指表示一人，三隻，表示已有三人，多少才夠呢？得看酒友們湊分子狀況……

車窗雨刷上老夾著標榜「互助會」的宣傳單：

跟會怕會跑了嗎？有急用卻無從調度嗎？不論何時何地，只要你一通電話我們將讓您先標會，後付會款。附註：三十人為一組（做生意者佳），一日會一千元，高標二百元起，二日會一千五百元，高標三百元起，三日會二千元，高標四百五十元起。歡迎來電洽詢！專線：09××××××××

南都經驗一絕，再不信世界是這樣運作的，還是覺得不可思議，這是什麼末世怪現象？毫無誠信基礎、互不相識的陌生人可以彼此金錢互助，「讓您先標會，後付會款。」可能嗎？有這般違背常理的事嗎？你不禁想起一名朋友的經歷，在上個世紀九〇年代初蘇聯剛解體之際，之前深受「反共抗俄」教條薰陶多年的我輩，一旦「圍城」開放，個個無限嚮往，此人大學讀俄文，學生時期受夠了學習限制，常抱怨再怎麼用功少了切磋的對手就是難，但比起來自有相對的語言優勢，爲了見識俄帝文化刻度，忙抓緊機會，起程前往莫斯科深造，他說：「我不能讓反共抗俄同時幻滅，至少要有一個是眞的。」

他在秋季抵達莫斯科，世所共知這是一座偉大的城市有著偉大的民族性，托爾斯泰、柴可夫斯基、契訶夫、杜斯妥也夫斯基、愛森斯坦、紐瑞耶夫……以降，不凡的文學家、音樂家、藝術家群星燦爛共建巨大世界文化遺產，於是目不暇給的歷史名建築、看不完的傳奇角色表演、聽不完的耳聞中的音樂會，最難忘的卻是那些音樂會場外，透露出努力穿著整齊痕跡的老太太老先生，在音樂會即將開始之際，一次次上演禮貌而理直氣壯上前詢問的戲碼及台詞：「有多的票嗎？」他們聽不起，但既有音樂修養還有勇氣及渴望，餘生無多，他們選擇持續來到音樂廳外加演參與，就算一廂情願，我寧願猜想他們非貪便宜，而是眞喜愛音符的滿載性以及最接近音樂空間。

不久之後冬季降臨，那時代的莫斯科金磚未崛起，百姓平均所得低，資源極窘困，動輒零下二、三十攝氏度，整個大城市被深雪掩覆恍如冰宮，朋友街上走著走著，有人突然慢慢上前朝他伸出一隻手指，他心生警戒不予回應，仍不時有手指伸出，也有圍成一圈沒伸的，好奇之下他問明白了，原來這些人在找人「聚飲」，以麵包就高度酒伏特加，永恆的四十度，滿街是圍成一圈圈的小團體。俄人不僅喜歡藝術與人共看，也好酒，天寒欲雪，光文學意境的紅泥小火爐是不夠的，還得有酒才足以挺過嚴冬，但買不起整瓶伏特加是那時代的普遍現象，於是發展出一種酒的互助會，是的，互助會，伸一根手指表示一人，三隻，表示已有三人，多少才夠呢？得看酒友們湊分子狀況，一般而言，大概四人共瓶是常態。不可思議的是，伏特加是俄羅斯的國酒，和雞蛋、麵包一樣，被歸爲生活必需品，一般極廉價，就這樣，也還得互助，就這樣創造了九〇年代這酒之國男性平均壽命與世界潮流逆向而行降到五十七．五歲左右的紀錄，尚比六〇年代還低。這樣的互助，當年拿來當異國故事下酒時助興，如今一回想，眞有點苟且湊合，別說比擬此時此地的南都現場，酒互助，拖垮了偉大國度的平均壽命，錢互助呢？你還很好奇，互助會宣傳單上一組是三十人呢！得多久才能湊齊？

舊老家影劇三村牆上傳單：台灣庶民經濟運作中種種遺緒。

舊老家昔時鄰人在紅磚牆上曬掛著自家灌的香腸，從前牆後起會跟會的百家姓心情，何等凶險的金融風暴元年，曾經也似這樣的日常一景。

跟會狂

起會是如此家常便飯，時不時屋裡聚滿人，諜對諜在守標，秩序很重要，萬一重標，先到先拿，賀媽媽，佟媽媽，文媽媽，查媽媽，管媽媽，佘媽媽，房媽媽，成媽媽，鎖媽媽……什麼怪姓都有，扁頭媽最愛督促扁頭喊人，扁頭心裡犯嘀咕：「百家姓也沒你們這麼齊。」

扁頭媽是個會癡，專攻互助會，又稱自助會，扁頭媽的跟會史，就是台灣庶民經濟活歷史。

通常是這樣開始的，經濟來往不發達的五〇~七〇年代，小孩一大堆，外省人，一沒親戚二沒田產三沒積蓄四沒社交親人又住南都，眷村房地全無契約亦無契約觀念，就算開了竅想跟銀行打交道，也沒擔保品貸不到錢。（說來丟人，扁頭二十五歲才第一次跟銀行郵局打交道，拿到第一張支票都不懂要先存進帳戶。）

窮則變變則通，於是，等著要用整筆錢，如學費、結婚、產病等，標會吧！別地方你不知道，南都影劇三村眞愛起會，尚不識字的小孩認的第一筆數字往往是寫在小紙頭上的標單，年節、開學是旺季，大夥緊緊張張搶著標，淡季會腳個個推，往往得抽籤決定輪到誰。印象裡，標會日子前一天，當會頭的扁頭媽很忙的挨個兒通知會腳（幸好大家都住村裡），順便打個商量透個口風什麼的：「王太太有急用，好像要出××……」至於當會腳的扁頭媽通常沒機會被通知，早早把會標了。

標會當天，會腳們三三兩兩上門，事前擺妥各種椅凳，不夠的，得四處去借。（什麼都借的日子眞過夠了！）起會是如此家常便飯，時不時屋裡聚滿人，諜對諜在守標，秩序很重要，萬一重標，先到先拿，賀媽媽，佟媽媽，文媽媽，查媽媽，管媽媽，佘媽媽，房媽媽，成媽媽，鎖媽媽……什麼怪姓都有，扁頭媽最愛督促扁頭喊人，扁頭心裡犯嘀咕：「百家姓也沒你們這麼齊。」昏暗、狹窄水泥色的客廳裡，一次次開標儀式如是進行，以會養會，成爲眷村最普遍的經濟體系運作模式及教育，這些差一元、五角標不到會的人們，與距離動輒千萬、億的標的物之開標意義、金錢隔了不止十萬光年。

彷彿遲早的事，村上突然連鎖效應發生倒會潮，有開始跑會，就有會頭開始偷標，瘟疫蔓延，耳語四起，瘋狂的以高標搶錢，村裡月初直到月底時時瀰漫不安，標還是不標？信任還不信？多年後，回想起來，完全像時下陷在全球信貸危機導致之國家破產狀態，你們村子要完了。事情越滾越大，扁頭媽這回漏子捅大了，她被倒會也偷標會，會滾會終於爆開，面對滿客廳吵炸的債主媽媽們，不再有從前的百家姓心情，闖禍者的女兒，二十出頭的扁頭站上桌，忍住淚屏息三秒提口氣大聲喊道：「請各位長輩安靜一下聽我說……」就此衝撞出她的金融風暴元年。銀行都沒進過的媽媽，是怎麼玩起幾百萬的會？什麼互助自助會如此凶險？

好容易清掉債務，八〇年代初，鴻源集團崛起，扁頭媽東山又起跟會，跟同宗同鄉結拜姊姊的會，「阿姨」小孩在當年鴻源投資集團任專員（什麼專員，就是老鼠會鼠輩現代化），扁頭爸扁頭媽跟會也跟投資，不到一年光景，政府出手打擊，原來投資根本是場大騙局，血本無歸多是軍公教，你們的阿姨一家徹夜失蹤。村人、結拜姊妹，那是個整人也被整的年代。（扁頭爸內傷好些年，用來數落扁頭媽的情節發生在自個兒身上，深潛多年才拾起興致改玩股票，至少自己負責，當然這又是另一番局面了。）

互助會總跟不動了吧？照跟，世紀更新，扁頭媽有天說溜了嘴：「誰說我村子裡打小牌輸慘了，我靠上會這些年可也攢了些錢呢！」扁頭失笑：「老太太還上誰的會？」村子放眼儘是老人，天沒亮醒了就枯坐巷子口左右張望，一路坐到黃昏，既沒上會的精氣神手頭更不寬裕：「你阿姨囉！」上帝啊！「什麼阿姨？」「咦！你瘋了？還有哪個阿姨？」扁頭媽從小逼著小孩叫人催命似的，扁頭偏沒興趣，果然，讓你叫人你不叫，連阿姨都不知道，扁頭媽忘了她在大陸有個親妹妹，那才是阿姨，總之扁頭媽很是嫌棄這女兒少點人間味：「不用你管，你妹會幫我處理，你爸走了，我現在愛幹嘛就幹嘛！」

是是是，您老愛幹嘛幹嘛，可現在的扁頭不比從前，橫豎親眼看著家人連戰連敗，於是當機立斷一通電話打給扁頭妹：「下個月開標立刻幫老娘把會標下來！別跟她說，差額我付！」扁頭就不信金融風暴如影隨形橫掃扁頭家半世紀！

抱孩

村子上誰家孩子是抱來的，完全不是祕密，你猜在那個少資訊的時代這也算條資訊。活著不容易的年代，居然還想著延續生命，更怪的是，全抱女孩，你媽又說了：「抱男孩要栽培成材怕供不起，對不起人家生身父母。」這啥人情世故啊？

……眷村三、四十年建築，雖不是百年歷史，但也爲政治及歷史文化留下見證，深具文化保存資產……舉例台南縣影劇三村，係先總統蔣公夫人蔣宋美齡女士，爲鼓舞身在前線的國軍將士及安後，特發起影劇界捐獻，於民國四十五年興建，並命名爲影劇三村。

——不同國台南縣李崇智議員網頁

咦！說的不是你們村嗎？在你們村子，有種資產，只有你族能挖掘且永遠保存，譬如抱孩。（以下人名皆為虛構）

韓媽媽一九五六年村子落成就搬進來了，女兒小華三十歲那年，早餐做好放桌上，準備出門去聯勤收支組上班，推了機車臨出大門，回頭對母親說：「我走囉！媽，再見。」接著，整個人向前一歪，連人帶車哐啷重重墮落，大解體，狹長小巷，音爆般，撞擊巷底再踅返，人生巨大的回聲，很多鄰居都聽到了。小華當場就走了，腦溢血，沒幾年韓伯伯也走了，獨留韓媽媽一人，二十年過去，提到小華還哭，非常想念女兒，獨居的她，老鄰居每天幫忙做三餐，想到就惋歎：「沒孩子的命。」小華是抱來的。

沒有人知道小華哪兒抱來的，但大夥都知道她是個抱孩，小華活著時沒興念要找生身父母，這村子的抱孩沒聽過要找生身父母的。

你問母親：「他們對抱來的小孩好嗎？」你媽不假思索：「當然好，自己沒嘛！」語氣裡透著「你盡問廢話」！村子上誰家孩子是抱來的，完全不是祕密，你猜在那個少資訊的時代這也算條資訊。活著不容易的年代，居然還想著延續生命，更怪的是，全抱女孩，你媽又說了：「抱男孩要栽培成材怕供不起，對不起人家生身父母。」這啥人情世故啊？

如果說韓媽媽是抱孩的低傖代表，夏代表就是活躍象徵。夏代表是位進步女性，來台前上過大學，抽菸、畫眉毛、穿旗袍、繡花鞋，仿男人戴副線條簡潔的金邊眼鏡，講話從不正臉向人，尖下巴斜斜半仰，一個字一個字咳金唾玉：「水塔有裂縫是吧？眞折騰，得！又得去跑，協調協調看吧！」男人離她十萬八千里，多半因爲少了這腔調，就這樣她當了一輩子村、縣代表議員，成了永遠的夏代表，但人家取之村人用之村人，不僅把家留在村上，不像有點辦法的趕著搬走，且辦事游刃有餘之餘，倒有大半時間釘在牌桌上，數十年別人是少輸爲贏，她是少贏爲輸。

來到現在，老去凋零的村上施行輸贏控管打餐制，四圈麻將二千元底，夏代表菸、旗袍、繡花鞋、金邊眼鏡行頭如舊，也幾乎次次「端鍋」，把眾家打得毫無士氣，一聽有她都不想出門：「送錢也沒這麼齊心的，運氣就這麼好！眞邪門。」聽多了，你終於忍不住提醒你媽你嫂你妹：「人家打牌帶著腦袋去的，打牌是跟其他三人打，講或然率，你們連血壓都懶得記，何況牌張，不輸才怪。」不說打牌，夏代表女性知識分子姿態和造型，放在參差不齊的媽媽堆裡，也挺起眼，但念再多點書，也只能選擇這些鄰居，再出色也只能面對沒孩子的命，生不出來，「菸抽太凶！再說事業心強的女人往往有潔癖難生孩子！」你想這是讚美。

有天，老魏媽媽家牌局，突然唐伯伯（人家是唐媽媽咧！村上小孩鬧不清楚常把唐伯伯叫成夏伯伯）帶了個小女孩來看牌，五歲了還一點點大取名小豆子，奶娃音叫夏代表：「媽媽。」是的，進步女性夏代表也未能免俗，人過中年，步上抱孩後塵。幾年後，小豆子大了，就近嫁給村子裡人，唐伯伯早不明原因離開了，枉擔了抱孩初衷，夏代表走上了離婚這條路，這在村上也頗「前進」。小豆子一直守著她，不愛念書這點不像娘外，愛打牌這點簡直像是親生遺傳，最後乾脆在家開局，夏代表成了家庭事業的最大障礙，但夏代表不愁沒牌打，往外發展照樣一吃三。倒是小豆子的牌打著打著，抱孩做得徹底，依樣也離了婚，溢出母親命運的部分是，小豆子有生孩子。

這樣的資產要不要保存呢？你還奇怪，你知道的抱孩幾乎都留在村子，比村裡土生土長的還扎根。

小慧說

有一條人家說胖子定理：「如果不是長得像楊貴妃，胖大約好看不到那兒去。」加上小慧功課勉強夠高中畢業，「人家說絕對嫁不掉」更像個咒語。但小慧偏除咒，她靈活矯健、個性溫和、能言善道愛玩，一心婚姻，認定自己出生就為了走進家庭，怎能嫁不掉？

小慧是你認識的人中最胖的，胖妹、胖妞一路結婚生女，成了座移動的小山。小慧的胖是命定，他們一家都胖，記憶畫面裡，安徽人田伯伯經年固定坐在全背帶扶手的高腳藤椅內，都說椅面高容易起身，但要很湊巧才能看見田伯伯起身，藤椅成了他身體的一部分。

田媽媽也胖，大盤臉正方形軀體架在改良小腳上，她碎步走路像俄羅斯娃娃左右搖擺。很奇怪她和田伯伯不同省分，她是山西人，愛吃醋，一手好麵食，開口嘰哩呱啦道地山西腔，比外國話還難懂。或許遷就人體動線，他們家彷彿剛結束營業的家具店，空空的。（多少年過去，你才明白那是體貼。）

至於田哥哥原本胖，後來得糖尿病，非瘦不可，青年時因爲胖，顯得腿短，但田哥哥是個勤快的胖子，爲了家計，早早半工半讀，比同輩小孩大不幾歲，但一口安徽話，活像個老輩，別說村上女生，連在田家進進出出的你妹都怕他，田哥哥後來娶了工廠同事，一對安靜本分的夫妻。安徽山西外國話和不好動，田家活像另一個古老的星球，其實距離不過一步之遙你家斜對門。

眷村的江湖很封閉，閒話家常排行榜上，最熱門的開頭是「人家說」：方家兒子進軍校靠關係、李家女兒考百分是作弊、林家親戚有錢支援學費有內情……小孩偷錢大人偷電香腸灌幾斤眷米長蟲都在「人家說」範本裡，以至誰脾氣壞又醜即使才小學生：「這扁頭！看了人不叫，人家說這種女孩絕對嫁不掉，嫁了肯定三天就被打回娘家。」（人家說？哪個人家？誰？你不斷問，從沒答案。）

於是小慧胖，就更是「人家說」的話頭。有一條人家說胖子定理：「如果不是長得像楊貴妃，胖大約好看不到那兒去。」加上小慧功課勉強夠高中畢業，「人家說絕對嫁不掉」更像個咒語。但小慧偏除咒，她靈活矯健、個性溫和、能言善道愛玩，一心婚姻，認定自己出生就爲了走進家庭，怎能嫁不掉？爲了成就她，田媽媽把拿手料理全授給女兒：「女人無才便是德。」小慧則有好廚藝。

所以小慧名字不是取假的，人家叫「嫻慧」。

故事就這麼發生了，一名原本在村外砲指部服役阿兵哥，先認識小慧隔壁同學棉月，高中女生嘰嘰喳喳約會幾次，阿兵哥退伍後沒走，通過國防特考，申請影劇三村門口街上郵局工作，沒幾分熱情迷戀裝不來的。那傳奇弄得一直到現在「人家說」還繞著她：小慧先生不胖不瘦有專業，和小慧活脫兩路，就那麼愛小慧？壓根看不見她的「魁」。

忘了他們結婚那天田伯伯離開藤椅多久，總之小兩口來得個快，連生倆女兒後，沒了動靜，人倒是越來越胖，好像每天都在懷孕。手藝和嘴沒閒著，她不斷研發南北菜色，小孩大了離家她還每天四菜一湯按時令包粽子揉湯圓蒸年糕醃豆腐乳燻臘肉……心理研究說體脂肪保護女性免受負面情緒之苦，胖給了小慧一道天生屏障，總之幾十年的婚姻史就是破除「人家說」的明證。

在你是，送走了「人家說」，迎來了「小慧說」，生活從此翻到「小慧說」新頁。一次次你們家庭聚餐，你妹咬定：「去大東啦！小慧說這家很好吃！」實在難以下箸，你妹立刻撥電話嘀咕兩句後：「小慧說你都不會點菜！要點炸肥腸、椒鹽排骨、油燜蹄膀！」你大笑：「誰中餐吃這些？小慧血脂肪都飆到三百 mg 是假的！活得不耐煩。」你追加一句：「告訴她我說的。」

不止於此，去這去那，唱歌喝茶旅遊，吃這吃那，「小慧說」家庭指南第一章，連你娘都服膺：「沒見過小慧這麼命好的，人整天樂乎乎的，先生薪水袋多少年原封不動交給她，還沒外遇。」你天生反骨：「小慧那笑聲，簡直像巫婆作法害死白雪公主。」你娘：「噯！那一定有道理。」

直到有天，一大罐XO干貝醬交到你手上：「小慧說，別家XO干貝醬用的都是小碎干貝，她用整顆大干貝，聽說蘇姊姊都不按時吃三餐，干貝醬隨時拌麵下飯很好用！好吃再做。」你妹又補一句：「做干貝醬很麻煩咧！要站在小火前翻炒半天，小慧渾身是汗。」

小慧如是說，你能怎麼說？人家說，命好不是沒道理的。

疤痕

真夠了，扁頭那刻突然明白，終生都願意待在這低緯度層，不和別人交記憶（疤痕）。有一種傷口，年紀再小受創也不會留下疤痕；有一種疤痕，任何年紀受創都會留。關鍵技巧在掩藏。

《探險奇兵》（*The Librarian*）電影裡男主角佛萊明．卡森對知識狂熱（迷惑？）到都已近中年了卻是一生從沒離開過學校系統，他終被教授執意趕出校園：「眞正去使用一下知識吧！」隨即被神秘的邀約去圖書館面試，女考官的終極提問簡單到近乎不成問題：「爲什麼想當圖書館員？少來爲了理想那套大家都會講的話，告訴我別人不知道也沒說的事。」佛萊明．卡森：「……眞的？好吧！你剛離婚，因爲戒指痕跡要三個月才會完全褪去，你手指的戒痕褪了三分之二，所以你應該離婚才兩個月；你在四歲時跌斷鼻樑，整型手術在你鼻樑上留下了疤痕，因爲通常六歲以後動手術，才不會留下疤。」主考官回復小女孩神情：「五歲，我五歲跌斷鼻子。」幽微的知識觀察喚起了她的秘密記憶。

如果是扁頭：「十一個月，我十一個月大，把膝蓋伸進奶粉罐。」留下一道長長的傷口，隨身體逐漸拉長顏色變淡成爲疤痕，那形狀怎麼看都像一隻膝蓋眼睛，有它自己的視窗。（所以，隨著時間，人生總給出兩個高低不同的景像。）

但這之前，得先重建那消音的十一個月嬰兒的記憶波。是個初夏午後，嬰兒地平線往下降得非常非常低，小扁頭從匍匐前行的草蓆地盤打量四周，零碎不成形的組裝圖式：跑來跑去的人腿、桌子的四腳、界面塌陷以至編織歪斜鬆散的藤椅以及它的腳、單車支撐架、滾動的彈珠、紙圓牌……。小扁頭孤伶伶被置放草蓆上放她吃草，眷村媽媽們各自忙著生活，一個安靜不吵鬧的爬蟲類的小人生從此成形，她從不僭越草蓆之外的地盤以及象徵界線，成爲一名天生會分辨顏色的人，知道草色與石灰色不同云云，簡單說，證明了這小爬蟲類不是色盲。以及，她總是陷在一低度世界。（低度世界的眞實地點已被新興眷村改建國宅覆蓋，成爲一條復國馬路，每次去，扁頭開車經過，駛在疤痕上。）

旁邊棉胎布小孩與黃漬汗衫小孩在玩紙牌，用奶粉罐裝戰利品，小爬蟲找家似的膝蓋先行伸進了奶粉罐，膝蓋立刻被銳利的金屬刀口邊緣劃破，鮮血染滿了膝頭及草蓆，繼續拖著奶粉罐爬行，一哭也不哭。帶著這樣的惡行長大成爲小學生、中學生，不愛哭不吭氣，試驗之一，扁頭爸用衣架狠狠打過一次，站著不躲，扁頭媽氣極：「啊！說一聲錯了會死人？脾氣就這麼倔，將來肯定嫁不出去。」

「……」

又追一句：「就算嫁掉，三天絕對就給婆婆打出門！」

「……」

眞夠了，扁頭那刻突然明白，終生都願意待在這低緯度層，不和別人交記憶（疤痕）。有一種傷口，年紀再小受創也不會留下疤痕；有一種疤痕，任何年紀受創都會留。關鍵技巧在掩藏。所以扁頭把疤痕藏在（膝蓋）表面，（森林是隱藏樹葉最好的地方——波赫士〈沙之書〉），她曾經試過用支撐全身的膝蓋走動，疤痕組織出最難以言喻又最直接的傷之書，長大後，眼睛告訴她另一種人世複雜風景，二者根本無法類比。

難怪波赫士〈沙之書〉裡，有名圖書館員以畢生財產交易得到無開始無終頁一本沙之書，不論從哪裡打開讀都如沙瀉不止。因爲絕世難解，不該被解，但書要藏在哪裡呢？圖書館員最知道書海浩瀚，於是他將書偷渡到曾任職藏書千萬卷的圖書館，潛進書庫，忘掉圖式插進隨手一列書裡，且徹底忘棄地理位置：「竭力不去記住擱在哪一層，離門有多遠。」這是一個圖書館員對書的藏之道，同理：「隱藏一片樹葉的最好的地點是樹林」，那麼，你好好奇，如果是一個說故事的人，要把他的故事藏在哪裡？

▸▸ 女孩 082

你偷聽她們低聲交談，你以為聽見一個男老師的名字，或者只是接近不過反正是個男生的名字；你以為聽見一個國家、或者陌生城市以及學校的名字，你以為聽見一本書一場電影……時斷時續，終於成為一個永遠的夏日午後安靜的幻覺。

一九六七年，初夏，台南德光女中，年輕女孩老師們正在進行一場午後閒蕩。

建校同時栽種的菩提樹算算已在校內自轉四圈年輪，來到這年恰恰與女老師們齊頭並肩。女孩老師都剛從大學或專科畢業一至三年，都不超過二十五歲。

南台灣正午烈日當空，樹們不成形狀地倒影在操場紅土跑道、樹底草地以及女老師們鞋面上，舉著緩慢的步調，踩過日頭、樹影、心事、年輕的氣息被帶點鹹味的海風吹拂過並推向唯一的教學大樓，四層樓高屋頂上立著四個窗面大小的招牌，上書德光校訓：敬天愛人。

沉靜凝滯的午睡光陰裡，女孩們慣例展開南台灣永遠的夏日午後校園之旅，四位，有時更多或更少，你趴在桌面，蟬聲交織熱烈，嗞——嗞——嗞——，如空氣組成分子，（你這一生走哪兒內耳耳廓滿蟬叫深植著，一直相安無事以爲原本如此，有時半夜在「嗞——」聲中夢裡驚醒，並未察覺不適，是穿梭璀璨香港鬧街，除了掛櫥窗裡的燒鵝，哪來任何蟲子？所以這叫耳鳴，耳鳴的原初，是女孩的夏天，你是你自己的延遲現象。）白色圓形輻射狀空心磚望出去，女孩們淺色衣裙飄揚，（德光制服冬天也穿裙子，你因此沒有女老師穿長褲的記憶。）感覺上是一種存在的姿勢，你偷聽她們低聲交談，你以爲聽見一個男老師的名字，或者只是接近不過反正是個男生的名字；你以爲聽見一個國家，或者陌生城市以及學校的名字，你以爲聽見一本書一場電影……時斷時續，終於成爲一個永遠的夏日午後安靜的幻覺。你沒聽見她們話語你沒看見她們的憂慮你不在那個夢裡。等到夏天盛暑來臨，校園淨空，開學後，總有一兩位女孩不再回到閒蕩的隊伍，女孩們都去了哪裡？那時的你，一點概念都沒有。老師也不適合跟學生講心事吧？即使你們差距不到十歲。那種差距，大約跟你們和高中部學姊的距離是同樣的，高中部兩名風雲人物比十項全能，白上衣捲起袖口深藍裙尖叫聲中換成運動短褲，都腿長手長一個滿臉不在乎一個成竹在胸冷笑對峙著，簡直帥呆了，你回頭望到女孩老師興致的站出辦公室二樓走廊觀望，滿臉笑意漾開，一個男老師都沒見，神父校長辦公室裡鎮靜讀經吧？一個全女孩的世界。（英文老師讓你們去她家玩，一開門你傻眼了，小小空間沒有被家人當做成人看待，粉紅色系布置，亦童稚到像小女生的娃娃屋。你永遠的女孩老師記憶之一。）

●

二〇〇九年，初夏，台南成大。年輕的女孩們一仍既往神閒氣定四處晃動，旁邊幾乎都有個男孩或女孩，女孩們喜歡成群結隊；夜裡研究室外不時傳來喧囂笑聲，女孩們高頻率總是率先跳出來，飄浮在你人生脈衝時間，德光女孩記憶隨後彈出，你已經超過當年德光女孩老師的年齡兩倍，一如那時你拼圖女孩老師的閒蕩路線畫製她們的腦迴褶皺，如今反向視角，你側耳聆聽，多年後，你的疑問仍然是，女孩（學生）們究竟想什麼？你是老師，你的遊蕩路線繪製好了嗎？

（蟬聲早已換上現代化發聲道具，此起彼落的電話鈴、救護車消防車鳴笛。）電話響：「老師，我可以去找你嗎？」「來吧。」你讓女孩陪你橫過大半個校園往下堂課教室移動，你很清楚問題發生，只是不了解他們爲什麼永遠不老，站在你面前的是還沒進化的女孩，（咦？你們不是只比我以前那些女孩老師稍大點要不就同齡嗎？）問題甲乙丙，人際相處，前途，主要是感情，同性的異性的模糊地帶的近的遠的，佇立樹影中間，站成人生的年輪，而夏天從沒過去，你遠睇松鼠從頂上一株巨榕跳到另一株，時光機以如是速度轉動，變成蛇、蜂鳥、白頭翁、綠繡眼、黑枕藍鶲、慢爬的烏龜，從女孩的背後傳來過鳳頭蒼鷹、黑冠麻鷺的嘯聲，以前的空氣振動是一種卡通結構現在的動漫。上課鐘聲響起，聽起來，仍像德光時期「敬天愛人」那感覺。（神父老校長李震的詞：湛湛化雨／習習春風／簞食瓢飲／樂也融融……自覺自重／聖德長存……不屈不饒／磊落光明／美哉德光……）「我該上課了。」「我知道怎麼做了，謝謝老師。」你轉身向背後揮揮手，不是再見，是了解。女孩老師向你展示了一個童稚想像中的成人規範，女孩學生向你說了一個童話故事現實版，你知道夏天過後，會有一些女孩不再回來，女孩們都去了哪裡？現在的你，眞的想知道嗎？

拾荒者 086

那天開始，老關就沒停過手。沒見他使用單車三輪車推車籮筐任何裝載工具，完全雙手萬能，另一種手工業。只見他家院裡東西越來越多越堆越高，一座垃圾集散中心，這才發現，老關不完全撿破爛，他收集看得到的一切，簡直就是個現代都市裡的拾荒者。

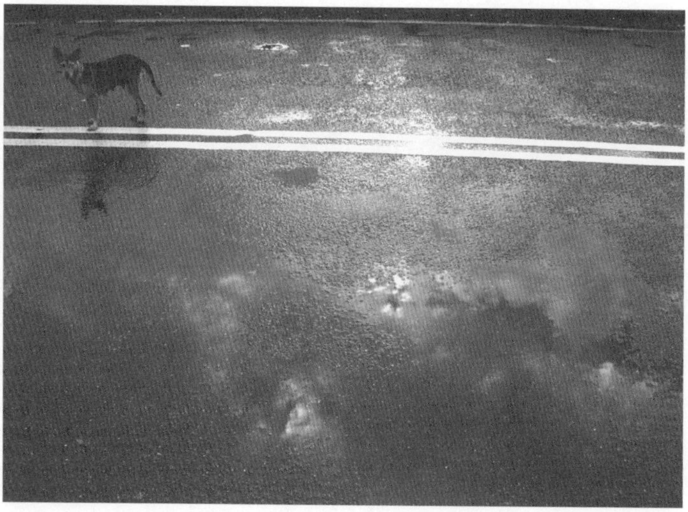

女子是後來者，（好大一張臉，平原遼闊，充滿了情緒發揮的空間，但回想起來甚至沒見她笑過。）嫁到你村瘦骨嶙峋老關，老關名啥？何方人士？什麼階級退的？結過婚嗎？全不知！這在眷村算極特例，誰不把別家祖宗八代摸得一清二楚才罷手哪！其實相對你族砲校眷屬，老關自己都是個後來者，據說早早從某部隊退下來，七拐八彎一九六○年代中突然就落腳你們村上。

是個春天清晨，學生們奔出鳥籠去上學，乍見陌生人弓著背正沿後巷垃圾箱翻尋廢紙鐵罐雨傘酒瓶等等，那天開始，老關就沒停過手，整天不是抬缺胳臂斷腿的桌椅，就是拖紙箱木櫃衣服往家裡院子攢積，沒見他使用單車三輪車推車籮筐任何裝載工具，完全雙手萬能，另一種手工業。只見他家院裡東西越來越多越堆越高，一座垃圾集散中心，這才發現，老關不完全撿破爛，他收集看得到的一切，簡直就是個現代都市裡的拾荒者。（此地有這麼個人，他在首都收集每日的垃圾，任何被這個大城市扔掉、丟失、鄙棄、踩於腳下碾碎的東西，他分門別類整理建檔，仔細的審查縱欲的紀錄，……他精明的挑揀物品予以歸類儲藏，像守財奴看顧著他的財產。——班雅明，《發達資本時代的抒情詩人》）老關獨來獨往，上身一年四季搭拉件白汗衫，冬天披件軍外套，任何服束，皮帶永遠勒得死緊像一切行伍出身的兵，（常看到一個拾荒者，搖晃著腦袋，碰撞著牆壁，像詩人似的踉蹌而來。——

班雅明，〈拾荒者的酒〉）孤獨到像精神病院的晃蕩者，尤其他喃喃自語時最像。

就像老關的突然出現，女子也是，彷彿他從哪個角落撿到修理好後發現無法歸類，給留在了身邊，當然不這麼簡化，可究竟誰給介紹何時空檔辦了手續？不知道。女子面色暗沉，總哈著腰，身上繫條圍裙，話說不全，但生理正常，經過村上媽媽品評，得了個結論：「頂多二十五歲。聽說發燒燒壞了。」兩人分工撿來的東西透過哪個管道被收購，實在費解，比較清楚的是，幾年下來，生了三個兒子，起先看還好，但漸漸都有點智障，烈陽下雨中喧譁玩樂，搖頭晃腦，像面破舊的旗幟，沒多大就跟著撿垃圾，全用拖的，重重的刮著柏油路面，從沒見老關跟他們好好講過話。一天，一道狂厲的嘶喊聲自老關家傳出，大兒子智障最嚴重出門走失了，女子邊哭邊狂捶老兵：「你載去哪裡放下他的？他會餓死啊！求求你去找回來啊！不能這樣就丟掉啊！」竟說得一句是一句，你們全聽傻了，老關光傻笑，那笑有點說不出的悲哀。這些年，老關這家人作爲你村生活物件的下游收集者，你們使用過的東西最後都到了他家屋內院落，但並沒有與村人建立更進一步的關係。那孩子也終究沒回來。

挨到村子拆建那辰光，他們已經從上村搬到下村市場口，不撿垃圾了，收市後隨手撈一把夠吃的了，從傳出消息住戶可選擇要改建好的國宅還是補償金，老關就愈發失魂到處打聽。登記那天，老關排在行列裡，之前隔壁鄰居受不了他家垃圾攻勢搬走把房子頂給他，小兒子曾經進過士校，也頂了一戶。女子仍弓著腰不放棄死坐家門口等唯一可能活著的兒子出現，另倆兒子，一被車撞死，一莫明病死，這輩子什麼事都沒發生，一個人可以沉默到什麼程度，看她就明白。補償金下來那天，白花花五、六百萬，老關一傢伙把錢全領出來後，就沒從極度的亢奮狀態回過神，以前他只是看上去不太對，但放寬標準也算正常，這次，不知道他想到什麼，失序錯亂像布滿寫壞內容的紙，最後，只得揉碎丟棄，他成了他自己的拾荒者。

▸▸ 2路公車

你其實離任何顏色都很遠，每天每天一身白衣黑裙拚命往車腹裡擠，天沒亮，你們離開家快步去趕第一班車，灰濛濛天色，到處是等著擠車的影子，連成一大片。擠不上去的話怎麼辦？——嗯！沒擠不上的2路車，你村裡隨便問都知道，上不了車，遲到事小，丟臉事大。

於是，你又坐在2路公車上了，這次，你沒有目的地，不上課不趕同學集合不為逛街，而且，上車的站還叫影劇三村站，雖然已不是起站。（台南市併了多條公車路線，感謝老天，2路公車沒被併掉，延長了路線，從崑山科技大學到安平古堡海邊，逢學生上、下課時段，延駛至四草「鎮海社區」，每天九班次。你村現名「光復社區」復國村，影劇三村只留在公車站牌上了。）

你坐定司機左後方單人座位置，玻璃窗隙手伸出去逆風張開，瀰漫水分子及鹽分的空氣附著在皮膚上，坐上2路公車，你知道那獨有的手感回來了。原該種在海邊當防風林的木麻黃，不知怎麼被種到早年小東路上當了行道樹，成排軀幹上下不等鼓著根瘤，（根瘤裏的根瘤菌可以固定空氣中的氮，極耐貧瘠的土壤？因此，管他的，種了再說！）中央是陽光燦爛的鳳凰木，鹹而黏的空氣，風吹拂過老根瘤、倒披針葉窸窣聲、指甲蓋羽狀複葉嘩嘩往下掉，市區裡的海邊劇場，（林亨泰〈風景，No. 2〉：防風林　的／外邊　還有／防風林　的／外邊　還有／防風林　的／外邊　還有／然而海　以及波的羅列／然而海　以及波的羅列）但2路車不往海邊，老終點站在西門路府前路小西門城圓環曾培堯畫室，鬧市裡的畫家。

（「叨位落車？」司機問。你前後張望，不問你還有誰？什麼都還在，乘客不在了。二〇〇三年台南客運宣布破產，正式退出台南市大眾運輸市場。你趕上了瘋狂擠車的七〇年代，公車全盛時期，你被人肉層層夾住，除了汗水味還是汗水味，車內此起彼落：「火車站到了沒？」「民生綠園叫我！」「伍中行呢？提醒我下車！」「喂！喂！上海老大房要不林商號幫忙按鈴！」有人回話了：「你坐錯邊了，回程才在那兒！」）

在那個反覆的夢裡，你老站在2路車站旁構圖華麗色彩重疊的畫前，明白了綠色不止是植物綠，木麻黃鳳凰木夾竹桃芭蕉芒果，還有一種綠莫名的被放在像眼眶也像額角的位置，有種神力，（多年後你看畫冊尋索，似曾相識，畫題：門神。）還有經常調換的素描及版畫：人體、生命、卦。有時等候的2路車刷地過去，你沒招手，總有一天你會鼓起勇氣推門進去：「我要學畫。」但你知道，這太奢侈，稱之爲夢。現實裡最像夢的部分是2路公車向南延伸到逢甲路底，再過去，就是鯤鯓海邊。你其實離任何顏色都很遠，每天每天一身白衣黑裙拚命往車腹裡擠，天沒亮，你們離開家快步去趕第一班車，灰濛濛天色，到處是等著擠車的影子，連成一大片。擠不上去的話怎麼辦？——嗯！沒擠不上的2路車，你村裡隨便問都知道，上不了車，遲到事小，丟臉事大，很清楚了吧？2路車是每日戰線，你們分年齡分性別分上村子下村子分成績分階級分學校，還有車掌的年代，你村能把車掌給擠到車下去，風雲全盛時期，2路公車前後車門各一名車掌，剪票夾動不動就往腦殼狠狠猛K一傢伙，還整天開火？於是車掌招到你們村上，車門一打開：「誰敢擠誰試試看！」咦！豈不是大毛姊姊？（你們的戰場在公車上，回到村子誰敢惹這些「太妹」？誰不在傳她們是玫瑰幫的！什麼玫瑰幫？就四海幫也得讓她們三分的那幫囉！）不怪大家嚇得退避三舍，是可怕啊！她們渾身圓滾滾，挨近了香香軟軟的，有些頑皮貨，用指尖蹭往她們胸前名牌：「這是什麼！」一剪子敲下來：「豆腐你吃的！回家叫你哥來！」她們有個統一的外號：鬼見愁！就在你們以爲一輩子都得吃剪票夾，（其實大家挺樂的，還就是過不幾天，那「回家叫你哥來」的哥，眞的被瞧見在車站等末班車收工，陪鬼見愁一路往村裡晃。你們跟蹤在後，直等那哥：「誰再偷跟試試看！」怪了，鬼見愁笑瞇瞇，一句大聲點的話都沒有。）突然就人事緊縮，裁了車掌，你們一時連車都不太會上了，以前沒鬼見愁，你們殺上車的架式眞是十八般武藝不夠看，有頂錘功、鐵沙掌、壁虎功、鑽牆術、無影腳……都不知道從車窗爬進去多少回了，再厲害，得從車頂氣窗往下躍，總之，大家都六十洞學生月票，終極用處就是月底比誰剩得多。

你們開始循序上車，偶爾，野性乍起，從窗口丟書包作勢搶位子什麼的，也很不起勁，你們失去了戰鬥力，但你們是怎麼失去這戰役的？當時你並不知道。直到再回南都，有天深夜住處大樓外，三個青少年佇在暗處，大點的厲聲道：「你說！爲什麼非要騎摩托車！一個月分期付款五千塊你出得起嗎?!」小聲：「付不起。」大的推小的：「有什麼急事非要摩托車！就不能坐公車？」小聲：「大家都騎摩托車啊！」你滿頭大汗滿皮包搜不到鑰匙，大的問：「要進去？」幫你開了門，你謝謝，轉頭，大門口歪七扭八摩托車墳場，原來答案在這裡。

茨威格（Stefan Zweig）如是形容一生都在路上的德國悲劇詩人克萊斯特（Heinrich von Kleist）：克萊斯特的一生就是一條逃逸路線，一條試圖擺脫存在的重力牽引，將自己拋射出去的力的釋放弧線。

現在的你，坐在（將自己拋出去的）2路車腹裡，正在路上。

南門路底的姜家

姜捷至少有十年每天早上一醒嘴裡得含著體溫計，姜媽媽的安全期實驗，但沒一個小孩抱怨，沒一個小孩悲觀小氣，做就是了，「又不扣餉。」姜捷笑嘻嘻地說著老台詞，你所知道最富足（傻？）的家庭。

輪迴似你打開了網路一支韓國保險廣告影片，六分鐘的人生入侵。說輪迴，因爲中邪般鍵進從不感興趣的媒介入口，讓我們來看看這虛構故事的分鏡／長鏡頭：

1982年，軍校老同學姜捷懷孕時我們總逛到五妃廟、孔廟、中山公園，最後再回這樂天達觀熱熱鬧鬧一家逗留。

剛失去父親的兒子坐在桌前凝視保單／保險員迎進另一男子與兒子並坐桌前／低頭的兒子轉身滿臉驚訝：「是爸爸。」過去與現在時光匯流／年輕父親迎接兒子出生／他走進「現在」的這家保險公司／多年過去他沒錯過兒子任何階段／最後家人送走了病老的父親／保險員送來保單／兒子打開保單／鏡頭回返保單上最初的簽名儀式／年輕父親起身離席時微笑對保險員及「未來」的兒子說：「我剛迎接來我的兒子，我開始祈禱，這是我生命第一次祈禱，我企求保護他直到生命終點，永遠愛他，也請你爲他祈禱。」

明知是廣告，你偏偏又中邪聯結到眞實人生姜媽媽黃荔芬。七〇年代中期你讀軍校認識了同樣來自南都沒救的樂觀主義者姜捷姜呆狗（想想老咬自己尾巴團團轉的小狗），放假時，南門路底姜家是你必報到之地，有了屬於這條馬路的另一敘事。

調動長鏡頭之一，姜家：亂糟糟法院日式宿舍、曲裡拐彎房間擺著混搭床鋪、到處走動的孩子，等一下，角落長滿青春痘的男孩挺陌生，你問：「姜震？」不，是老六姜震從東部來南都念書的同學住了下來，姜震幾年級？高一，那得待三年？好嘛！挺著大肚子的女生又是誰？「教會收留的未婚媽媽，快臨盆了，我媽接來住。」黃昏，姜媽媽沒例外的從教堂或美滿家庭中心或座堂神父那兒回來，人沒進門，機關槍先掃射：「幹嘛門大開著！烏龜都跑出去！飯煮了沒有？王媽媽有沒有來拿改的洋裝！誰喝可樂不收螞蟻爬滿了！魚又沒餵！都從水缸跳到地上自殺了！」你嘴巴張老大：「烏龜出走？魚自殺？」「我爸還養了孔雀！搞不好哪天東南飛！（這比喻還眞冷）」姜媽媽人把整扇紙門塡滿了，劈頭見到你：「再瘦下去可以掛起來了。」姜媽媽人高馬大，但女性意識超強，所以生了八個孩子堅持保持二十六吋腰，出門是大工程，穿戴眉毛粉口紅全套全套的，那種造型精神挺讓人懷念的。不僅於此，姜媽媽十八般武藝樣樣精通，職業級裁縫、職業級教徒、職業級家庭主婦，所以養孩子她上兵仔市買菜做裁縫補貼家用、當教友長期供養教堂沒落過半次禮拜，更把最小的兒子姜嶺奉獻給主，如果不是女兒們未蒙主感召，她希望至少有一個女兒做修女。

是從那樣的狀態起步，姜媽媽「中年就業」，從經營美滿家庭中心教導節育（她算是活教材了）到創辦天主教「露晞未婚媽媽之家」，之前跟之後姜家是半個未婚媽媽之家，各種狀況未婚媽媽進進出出，小孩們的床邊故事是複雜悲慘的女性一生，他們沒自己的床，吃飯時得衝鋒陷陣，女孩子們當母親節育理論的施行者，姜捷至少有十年每天早上一醒嘴裡得含著體溫計，姜媽媽的安全期實驗，但沒一個小孩抱怨，沒一個小孩悲觀小氣，做就是了，

「又不扣餉。」姜捷笑嘻嘻地說著老台詞，你所知道最富足（傻？）的家庭。

長鏡頭之二：二〇〇〇年姜媽媽被診斷出罹患肺癌，姜捷問母親：「有保險嗎？」姜媽媽：「像我這樣的現代人當然有！」「太好了，含防癌險嗎？」「什麼防癌險！我這種人怎麼會得癌症。」

一定是的！什麼肺癌？她一口菸都不抽！肺癌？八成是信仰的主要她休息。姜媽媽逝於南都的三月春天，這些年她收容安置了一千名以上未滿十八歲未婚懷孕少女及協助嬰兒找到認養家庭，（姜媽媽自己也認養了一個帶在身邊，孫女瑪麗。）走前，周大觀文教基金會頒給這位一天書都沒教過的人生導師「二〇〇三全球熱愛生命獎章」。

所以姜媽媽保了什麼險呢？爲誰保險？保的是一般壽險，被保人，神父兒子姜嶺。做信徒的那個她明白神父沒有世俗的家庭，於是做母親的那個她，爲兒子買了一張保單。

長鏡頭之三：姜媽媽的追思彌撒，在南門路底自宅舉行，姜捷說：「我們自備神父。」時間來到，被保人姜神父結合人子的身分步上祭台，姜震彈的琴聲揚起，你非常確信，姜媽媽根本不必買任何保險。這家人噢！

小酒館裡發現了文人

你願意待在小酒館裡，還因為那是一個成人世界，未成年者止步，栽了跟頭自己負責，這家小酒館給你一個感覺，她如是操演此一遊戲規則，因為她看上去夠複雜，這毋寧讓你安心。

你看過最不懂的小酒館情節是《北非諜影》（*Casablanca*），亨弗萊·鮑嘉（Humphrey Bogart）至愛的女人英格麗·褒曼（Ingrid Bergman）不告而別，再見時，二戰戰火鋪天蓋地，她走進了鮑嘉開在摩洛哥卡薩布蘭加的里克酒館，和抵抗軍領袖丈夫。小酒館煙霧瀰漫，時光如逝，情感的拉鋸戰，褒曼央請兩人共同的琴師老友山姆：「Play it, Sam. Play as time goes by.」深夜，褒曼隻身重返酒館，鮑嘉在幽暗的酒吧角落吸菸喝酒等待一個疑問：「全世界有那麼多城市那麼多酒館，你偏偏走進我這間。」從沒見過誰走進及離開小酒館，那麼痛。

里克酒館搭建得如此完美，亨弗萊・鮑嘉、英格麗・褒曼、千載難遇歷史大斷裂、傳奇之城、有過去的女人、有未來的男人，這一切當褒曼走進酒館那刻達於極致：「妳是本店有史以來接待過最美麗的女人。」

逸出這個時代的小酒館經驗了吧！當今人們在小酒館碰見最多的，疲賴酒客、乏味朋友、俗氣老闆、難聽音樂、沒個性小菜……你怎麼走進台北城小酒館，你就怎麼走進南都小酒館，全世界的小酒館除了鮑嘉的里克酒館，恐怕都差不多，你能在南都生涯中找到你的里克小酒館嗎？

總在子夜左右時分，步下陰森的樓梯，天井裡靈光呼吸著這幢出自王大閎之手的研究群聚，洗石子牆面，在青石地板投下深淺線條，形成夜晚最恬適的仰望，你很清楚四合院造型建築在天空下如何傾斜，所有舊建築體對話時間，都有類似複雜的姿態，一如暗巷裡小酒館之於生活。

問題來了，小城收市早，這會兒你該去哪裡和書桌時光區隔開來以及用餐？若在北都，難不了人。班雅明：「日益擴大的城鄉裂隙是波特萊爾所感興趣，也是他詩中的主題，巴黎。」你的主題呢？南都裂隙？車身滑向紅綠燈閃成黃燈大學路後火車站，幾輛不死心的計程車仍在苦撐待客。菩提路樹，一地落葉。

好吧，老地方囉！成功路赤崁飯店後巷，停妥車，先去便利商店買份報紙，很怪，小城再晚都買得到報紙。多年來，你走進酒館前總會在門外站會兒，這次也不例外，小酒館聲光溢出巷口，夜空裂隙。其實南都成色再足的酒館反倒都有新色，關於酒館主題的建立，你曾經觀察同條巷子美式和日系路線的兩家小酒館，規規矩矩白襯衫灰窄裙黑提包黃面孔身影一逕俐落走過美式酒館不入，而這家喧譁極的美式酒館再晚都供應凱撒沙拉，於是，成了你的時差晚餐首選。

你願意待在小酒館裡，還因爲那是一個成人世界，未成年者止步，栽了跟頭自己負責，這家小酒館給你一個感覺，她如是操演此一遊戲規則，因爲她看上去夠複雜，這毋寧讓你安心。點妥餐酒，暈暗燈光下如常翻開報紙開始進行以今天最晚的新聞配酒項目，（波特萊爾在煙霧瀰漫的小酒館裡發現了文人，把他們歸入波西米亞人一類，他們生活動盪，爲偶發事務支配，無規律可言，是各種可疑的人。——班雅明《發達資本主義時代的抒情詩人》）有些明白何以再晚都買得到報紙，事早事晚，沒差。

突然一陣風掀動報頁，有個老外走了出去，你抬頭看了眼，遲早當小酒館走出去的身影，帶著「我們自夜闇的酒館離開」（駱以軍書名）味道，這城市的主題將被建立。又一陣風，酒館女主人快步追出去，叫住老外：「哈囉！你又忘了付帳。」賴帳？原來，里克酒館的秘密，在於懷抱什麼情懷走進去，才能怎麼走出來。

有陣子，你常和一個差不多就像亨弗萊·鮑嘉那樣抽菸、喝酒、嗓音低沉少話的傢伙一塊兒坐小酒館，這男人甚至和鮑嘉一樣得了食道癌最後離開了小酒館，他們都沒做到「酒店打烊我就走」半點不通的邱吉爾的金句，你其實很懷疑，那也不合他們的調性。看見嗎？鮑嘉靜坐黑暗角落等待褒曼，那或者才是他們最該待著的地方。坐久了，你的角落開始有點像鮑嘉的角落，不同的是，坐再久，你終究沒在等人。

想來是一切都變了，於是人們選擇留在一個地方；又或者一切都變了，於是人們離開。（二戰戰火德軍攻陷巴黎，班雅明被納粹追捕，於法、西邊界服毒自殺，永遠離開了巴黎。）你一點都不知道，半夜時辰，你爲什麼偏偏走進啥都不是的，南都小酒館。

過東寧／

從時光傳來

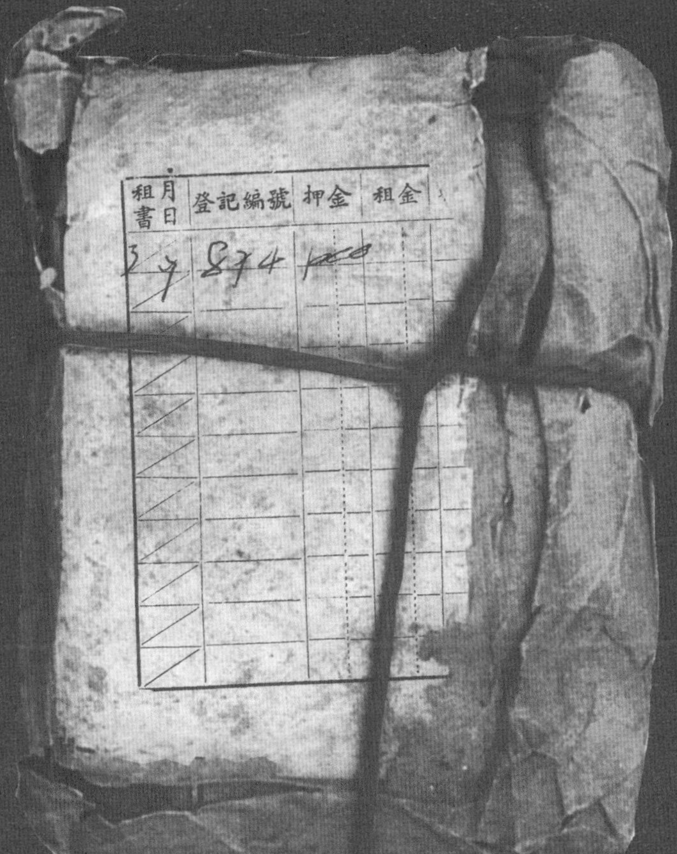

過東寧 104

為什麼是東寧路？你走到這裡，會串起一個故事，王朝傾覆，鄭克塽降清，前明王室在台代表寧靖王遂與五位王妃自殺明心，數十年後，滿洲鑲紅旗巡台御史六十七（好現代的名字）聽聞此事，立碑肯定一代明後曾存於東寧：「路旁老人為余泣，當年一線存前明。」人人有個過東寧故事，東寧王朝是初胎。

寒流來襲的夜晚，步行穿過勝利路、大學西路，穿堂風共伴效應，把人帶進眞眞實實年冬歲暮。僅僅一年前稍早一個月，重返南都之路你切進成大，依著二三十年來城市節奏，晝伏夜出早已潛入你生活血脈，你是你自己豢養的吸血鬼，哪能立刻戒除夜間活動習性，果然，開學前，趁黑摸進研究室，書上架桌面淨空初步理出一席不知會待多久但圖眼前閒適寧靜的小小後花園腹地，忙活幾小時，總算大致就緒，回探這小小迴旋之室，你拉上門踅出系館時已近深夜三點，最近的小東路校門上了鎖，（如果不是考慮師道，你早翻出矮牆囉！）新生經驗，還眞不知校園有打烊時間呢！好嘛！另尋出路！

尚未開學又已半夜，深寂校園如吞噬掉所有活物展示不經意的巨大疲累，你在黑漆中挪移，咦，幹嘛？駐校員警摩托車燈頭射出一道白光朝你接近，你是城市人，天生懷疑任何人，於是暗地裡使上遠兜遠轉步，員警不是省油的燈逼了上來，眼神倦乏且已不年輕的面孔：「爲什麼半夜一個人？有證件嗎？」前半句你沒有答案，你哪知道爲啥一個人？後半句你試著回答：「是新報到的老師，證件還沒拿到。」員警相信了，但也幾乎貼身「保護」直到目送你離開校門，你其實有點茫無頭緒也才發現再度闖進另一異世界，從沒見過的如此寂寥的長街，依附成大主體直橫交錯的巷路，沒有任何人、車，只有大學路上一家制式的燈火通明7-11，及相隔幾間外的二十四小時豆漿店，林林總總布滿了饅頭、蘿蔔糕、油條、蛋餅……居然有賣臉盆大小對切八塊的鳳梨酥，這等日常生活食物在半夜出現還眞有點古怪？算了，專心等計程車吧！奇異感在你內心充血抽長，幫忙注視分明該沉睡的小城，卻暗中不斷襲來的遠遠的車潮聲，轟轟轟嗡嗡嗡，那些車體到底開在哪裡？

呆站二十分鐘後，你明白了，根本不會有任何計程車，就算眞有，也肯定經由小城別處進出，好嘛！你再度施展一晚第二次挪移行爲，如果記憶不背叛你，不遠的老幹道東寧路應該較多人氣，於是你努力沿勝利路走向東寧路口，閒著也是閒著，不免就聯結到三百多年前的鄭成功東寧王朝（一六六二～一六八三），鄭氏父子的復明根據：「遠絕大海，建都東寧，

鼎湖龍去鳳翔飛
玉骨長埋桂子山

人人有個別樣過東寧故事：五妃廟鄰近老友姜捷家，摺藏東寧王朝「漸就磨滅」的沉睡陰影。

於版圖疆域之外別立乾坤。」建都台南，臨近古蹟東門城垣座落的東門路，以前馬路命名有個圖式，時代精進好多路名卻完全沒道理，主要是理解聯想上的困難。譬如爲什麼是東寧路？爲什麼和老城池東門毗連，這是命名文化了。你走到這裡，會串起一個故事，王朝傾覆，鄭克塽降清，前明王室在台代表寧靖王遂與五位王妃自殺明心，數十年後，滿洲鑲紅旗巡台御史六十七（好現代的名字）聽聞此事，立碑肯定一代明後曾存於東寧：「路旁老人爲余泣，當年一線存前明。」人人有個過東寧故事，東寧王朝是初胎。

返南第一站，半夜三點，你鬼鬼祟祟死守一條十字路口，站出你自己生命的移動記號。二十多年前，老友姜捷家是你認識南門路的據點，她懷孕時，你們很愛在她家旁邊的五妃廟散步，寧南門下，五妃墓碑，六十七詩文鐫刻故事原初：「風雨飄搖，漸就磨滅。爲錄於此，以存古跡。」好個漸就磨滅。夜更早或更晚了，彷彿站著站著，一年過去了，猶記那夜到底終於眼尖掃到闃暗盡頭後火車站方向一輛計程車遲疑搖擺朝你方駛來，這下可得救了，司機絕對會看見你的！你的城市經驗告訴你，沒有比夜半路邊女子更「刺眼」的了，不想錯失這一線「生機」，大老遠，你高舉雙手猛揮猛舞，彷彿賣力提醒對方：「喂！我在這裡啊！看見我吧！」時間奄然，果然磨滅，不知趕（怕）什麼，計程車數步之遙忽然決斷地急轉彎開往對角馬路線，快速背向駛離，你所在的，摺疊再摺疊的東寧陰影。

水土不服與世界太新

你曾經是個不安的嬰兒，還未開眼，卻是每到黃昏彷彿啓動不明的身體記憶貓泣啼不止，父親抱了你到巷口路燈下來回走動，哄著哭著累著掙扎著，等天黑透了，終於沉沉睡去：「跟這個世界有時差，水土不服。」父親拋出了一則簡單的預言。

清明前，一陣夜雨，滿城黃花風鈴上場，晨曦中倒卵形複葉落盡，樹冠插滿萼筒狀花序，花緣如荷葉皺摺，深深淺淺明黃色。

毫無預警的就這麼鼻塞咳嗽扁桃腺腫脹流淚，都說是感冒象徵，鬧到黃花風鈴下場了竟然還這樣，邊服西藥邊咳到肋骨彷彿錯位，簡直像個流動警報器，認了這台式體質怕得從俗，丟盔棄甲遂依民間療法服川貝枇杷膏，初初真見效，於是一咳便扭開瓶蓋往嘴裡「飲落去」，兩小時拚掉三百公克大瓶裝，旁人急了：「哪能這樣吃？停停吧！」你身段夠低了：「拜託！拜託！最後一口。」對方大驚失色：「簡直就是毒蟲語氣！感冒居然能把人毀到這田地！」當有狀況溫和的庶民療法枇杷膏終究也要失靈，這天去小店吃中飯，剛嚥下綜合魚丸湯，驚天動地狂咳半小時，整張臉埋進洗手檯喘不過氣，狼狽至極，再多個五歲肯定沒性命，於是夜奔台北另尋門路，回到台北家一照鏡子，整張顏面腫脹微血管眼球布滿血絲，瘟疫來臨？（難怪機場航務員邊畫示邊顧左右而言他以免大驚失色不專業）只好重返西式醫療系統，碰上個怪咖（請唸台語）醫生（深藍長褲到處汙垢），沒護士協助行政，像極偷偷潛進診間的冒牌貨，開單照X光驗血，光驗血竟來來回回跑三趟，火大了：「我不舒服才進醫院，不是來這裡運動的好不好！」看驗血報告時：「我們剛驗什麼？」你有氣無力報道：「肝功能、腎功能、扁桃腺。」「對對對，我當然很確定，否則不會問你。」「醫學院難道不必邏輯思考？」你猛翻白眼，覺得運氣很壞。怪咖比畫片子左下方以疑問句：「看看！肺炎哦！但你沒發燒……」又期期艾艾地：「我猜八成是過敏。」肺炎？過敏？

你猜？最後開了抗生素，顏色個頭都像小時候吃的大圓糖。

急忙趕回南都往成大去，掛號小姐：「是初診？」你這才醒過來，眞的呢！土生土長，居然台南沒病歷！感冒，成了南都初診第一例，忍不住胡思亂想：「沒趕上SARS風暴，要不咳成這樣得封校停課了，好可惜。」以新的眼光重新丈量候診室出奇安靜與秩序，沒頭沒腦亂敲診間門者在這裡絕跡，診號跳動緩慢，但沒人要趕去哪裡，逸出了成見之外的南都步調與問診風格。輪到時又照了胸部側面正面X光，見鬼了，沒陰影，肺炎神奇消失！南都醫師仔細排除各類因素，靈光一現般，以台語：「不妨朝過敏方向思考，先做氣喘測驗。」嘿！那怪咖疑似冒牌貨居然給猜對了！你又有點悵悵然。

看完南都初體驗，好方便的邁出醫院越過小東路踱進校園，觸目是接續黃花風鈴上場的繡球串阿勃勒眞箇纖麗清秀，當季女主角，宮燈狀黃金花序，潑灑燐火天空，夠靚。這花，以前府城是沒有的，突地腦際轟然冒出那句：「八成是過敏！」你停下步伐，望著滿樹花串：「不會吧？太過份了！」與剛謝幕的黃花風鈴樹群，打小沒有的南都兩種新植物風情，聯手從三月一路鬧到六月，南都市花鳳凰花季都不讓色半分，城市顏色氣味也隨之改變。逆旅回家，世界太新撞上水土不服，你對原生之都過敏！

其實這非人生頭一遭，你曾經是個不安的嬰兒，還未開眼，卻是每到黃昏

彷彿啓動不明的身體記憶貓泣啼不止，父親抱了你到巷口路燈下來回走動，哄著哭著累著掙扎著，等天黑透了，終於沉沉睡去：「跟這個世界有時差，水土不服。」父親拋出了一則簡單的預言。

一直，懸念著那最早的啼聲，被抱著。許多年後，你移返南都，父親還在，五個月，他於醫院過世，最後時間，呼吸加護病房裡，他一心朝死境走去，得不到支持，非常生氣，閉眼不理人。活著，你們唯有木然。背影不遠，你願意相信，過敏，是對父親「水土不服」預言的一個內在回應，以及，遲歸的自懲。

單車狂想曲

沒有年輕校園就沒有單車沒有單車就沒有這樣的愛的進行曲，反之亦然。你聽著這部小說情節不禁詫笑，也許他們並不知道，（人生掃興的部分是）他們一生的相處形式早已定型：載與被載。

他們在成功、光復、勝利、力行、建國、敬業、自強校區急踏、迴轉、緩行，他們在勝利路、大學路、小東路、林森路、長榮路、前鋒路、育樂街迤邐如水製造波動，漣漪效應畫出一圈一圈神秘圖示，他們青春結伴每天每月每分隨時起程，或者數學館、格致堂、大成館、禮賢樓，或者小西門與小東門城垣遺蹟、機械館、雲平大樓、計算機中心行去，有方向而無有終點，他們使得道路行進經常打結，他們行進有節度並不喧譁，南都東西區成大校園方圓兩公里內，處處可見他們及他們的鐵馬，他們既陌生又重現，行蹤杳然又在某些地區縱橫自如彷彿單車是唯一上路的機具，鐵馬大軍，風火輪族群。成大人。

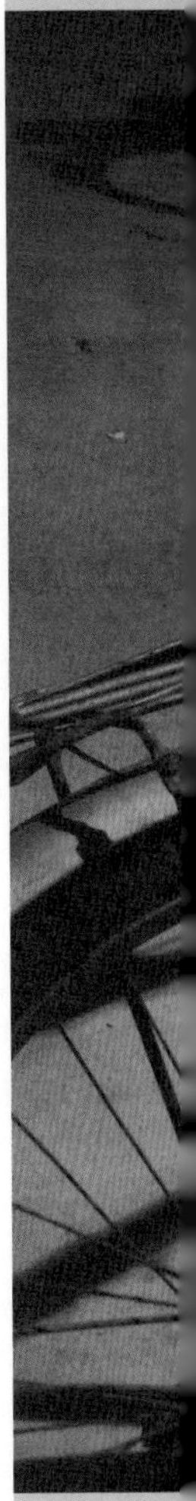

他們是古城青春年齡層的守門員，樸素清新的身影穿梭日月星辰，陽光、月影細碎篩過鳳凰樹、木槿、古榕、老金龜樹、莿桐紅、羅望子、黃花風鈴、木棉、小葉欖仁、阿勃勒、台灣欒樹……轉換墜落灑向單車騎士滿身滿臉，一代一代，不依循單車圖示進前者無法取得成大人身分證。譬如這位成大女生，就叫她冠樺吧！被腳踏車騎士載著，看見了嗎？最幸運的部分來自她的早慧，快快覺察到前座背影線條是由一組密碼構成，她在後座攬住他，身心快速解碼，馬上納入私人記憶庫珍藏，以複眼偵測的她當然不會沒有想法：「我不是愛他全部或全部都愛他，但我愛他的那部分永遠不會變。」載著被載著，兩人結成校園夫妻，到現在還逐校園而居而生。沒有年輕校園就沒有單車沒有單車就沒有這樣的愛的進行曲，反之亦然。你聽著這部小說情節不禁詫笑，也許他們並不知道，（人生掃興的部分是）他們一生的相處形式早已定型：載與被載。

這條路上，你曾是這張複式風景裡的被看者，台南縣市交叉點網寮影劇三村你每天出發往東門路改良農場德光女中趕去，一路小東路勝利路，一騎四年，（嘿！嘿！留級了嘛。）用掉了畢生的鐵馬點數，不僅於此，那年頭單車性能差，明明念的是天主教女校卻不時感覺：「怎麼這麼費勁？好像去體專上學似的。」是囉，根本輪胎都破了還拚命騎，好容易回到家對爸爸說：「這單車被鬼拖住了。」老頭一檢查，搖頭不已，不說女生懂不懂機械，誰都猜得到怎麼回事，輪胎癟的！沒常識也有眼睛吧？這麼呆！活該你騎出蘿蔔腿。總之，四年下來，勝利路你騎夠了，有生之年你都不想騎任何腳踏車。

但其實勝利路，測繪出你生命永遠愛著的路線圖：路樹鳳凰花、金龜樹、羅望子。羅望子開花結豆莢尤其異國情調，風一吹，羅望子花和莢果成熟，雨般灑下，你騎多遠追多遠，深褐色羅望子豆莢落在柏油路面，各種車胎輾過，馬路染色，汁液蒸騰，空氣中一股甜酸味，多年仍繞之不去，無法取代的行道樹榜首。

當時你並不知道，有一天，你將成爲這條路上的看的人，你換了交通工具，坐在汽車駕駛座上，盯著迎面而來背你而行的騎士潮，你加入與南都鐵馬大軍軋車搶路，當你仔細殺出重圍，好容易趕在上課鐘聲響時進了教室，剛站定講台，你已經枉想待會兒軋回去的路程圖像，你終於承認是不想逃脫這張圖示的單車狂想者，忍著衝動，你和講台下的騎士（學生），在那一刻站了同邊，你們都等待下課鐘響，都在懸掛以何種姿勢何種速度拚陣，你邊上課心裡邊哼著羅大佑的〈童年〉：「黑板上老師的粉筆還在拚命吱吱喳喳寫個不停／等待著下課／等待著放學／等待遊戲的童年。」你的單車狂想曲之變奏。

當然你也有輕鬆的時刻，深夜，道路空了出來，你開車走著走著，燈池前望見熟悉的學生身影，「這麼晚還在路上蕩！注意安全。」你搖下車窗打招呼，這是個小城，生活之地，比其他地方容易遇見人。

於是，暑假來到，單車大軍像他們出現時那樣突然消失，學校是另一種遊樂場，有旺季和淡季，勝利路、大學路、小東路是遊樂場的入口。長長的夏天，東倒西歪的飛行器孤零零被遺落在院校系館四處，布滿灰塵，別急，九月鐵律，那天到時，單車騎士扶起飛行器擦拭組裝改造，遊樂場開張，注意，騎士出沒，軋車大賽鳴槍！

原來你在這裡

你一直以為它是南都原生種，沒其他名字也不需要其他名字，你曾一再見到它的別稱，卻完全不知道就是它。你甚至數回坐在張愛玲小說場景的「野火花」邊用餐，都不知道你和范柳原、白流蘇看見的是同一樹種，鳳凰木。

你看過的鳳凰木不算少了，沒見過如此彆扭的。先說外型吧！眞不知道該稱它「鳳凰樹」還是「鳳凰花」、稱它「一棵」還是「一株」？說「一棵」吧！鳳凰木該有的像是橢圓形羽片對生形成中肋葉脈扇面、開闊傘形樹貌、樹幹基部根瘤菌以及基地突出的板根……統統沒；反而疏淡無有半片羽葉的姿形較接近盆景，算它是「一株」吧！

可這株放大的盆景內心顯然樂過了頭，花球動輒怒放滿到最高枝！減低了它該有的乾枯神韻，拉往特立獨行那邊或者說個性，另外可疑的橘色花瓣，老實說，偏離視覺上傳統的紅，這樣的誤差，不致傷害你的感情，只讓人有些愕然。偏離哪種傳統呢？「眞」的鳳凰花，花瓣、花萼、花蕊，包辦了紅色系裡大紅血紅豔紅酡紅一切重紅系，如爲生命造像，開完花還負責結出長條形深褐色豆莢，裡頭暗藏斑紋種子，最好玩的，有毒，紅成這德性能沒毒嗎？熱情的加勒比海地區人民，持有毒的豆莢敲打音樂，叫「沙沙」（shak-shak）。眼前這株，光開花，沒半條豆莢。

鳳凰木曾經是你的年輪之樹，每年打五月初，大大小小街頭巷弄的鳳凰木依序加入夏日嘉年華盛裝行列，帶著野性來到六月底然後乖乖收捎恢復綠色傘形樹貌；沒趕上開花的，等來年也等顏色。偏偏有脫序的，率性地不理會季節定律，沒種性規範，自成一路，更以顏色聲明：「都一樣有啥看頭！」夏至那天，花團錦簇，伴隨它周圍正常鳳凰樹當風吹過羽片小葉雪花飄落，同步瘋到最高點，絕無半點格格不入或不合時宜。你突然明白，夏天不是過去了，是另一輪來臨。鳳凰開花，爲夏日定義出不同形象與效果。

鳳凰木早在那兒了，因此你一直以爲它是南都原生種，沒其他名字也不需要其他名字，你曾一再見到它的別稱，卻完全不知道就是它，張愛玲〈傾城之戀〉裡，女主角范柳原、白流蘇南來香港在有名的淺水灣開始故事：

到了淺水灣，他攙著她下車，指著汽車道旁鬱鬱的叢林道：「你看那種樹，是南邊的特產。英國人叫它『野火花』。」流蘇道：「是紅的麼？」柳原道：「紅！」黑夜裏，她看不出那紅色，然而她直覺地知道它是紅得不能再紅了，紅得不可收拾，一蓬蓬一蓬蓬的小花，窩在參天大樹上，壁栗剝落燃燒著，一路燒過去，把那紫藍的天也熏紅了。她仰著臉望上去。柳原道：「廣東人叫它『影樹』。你看這葉子。」葉子像鳳尾草，一陣風過，那輕纖的黑色剪影零零落落顫動著，耳邊恍惚聽見一串小小的音符，不成腔，像簷前鐵馬的叮噹。

——張愛玲〈傾城之戀〉

祖籍廣東，你甚至數回坐在張愛玲小說場景的「野火花」邊用餐，都不知道你和范柳原、白流蘇看見的是同一樹種，鳳凰木。經歷一場戰事，小說結束時，張愛玲給出另一個野火花象徵：

海灘上佈滿了橫七豎八割裂的鐵絲網，鐵絲網外面，淡白的海水汩汩吞吐淡黃的沙。冬季的晴天也是淡漠的藍色。野火花的季節已經過去了。

爲了解你的這株鳳凰木之特立獨行，遂好奇的遍尋資料：「鳳凰木又名影樹、火鳳凰、紅花楹樹、火樹、野火樹、火焰樹、森之炎等。」這裡頭最誇張又傳神的樹名是「森之炎」Flame of the Forest，來自早年船隻經過海島，船員遠望森林裡鳳凰木開花，不明就裡驚呼道：「森林大火！」

原來你在這裡！你開始用另一眼光看待這場夏季的小規模森林之火。

是怎樣？不行嗎？

國家一級古蹟太舊了給塗上油漆：「是怎樣？不行嗎？」動不動就如天公生日半夜放煙火把人嚇醒：「是怎樣？不行嗎？」開著開著進入走一百遍也不適應的九十度拐彎地下車道：「是怎樣？不行嗎？」午夜以後大部分路口紅綠燈關掉閃黃燈：「是怎樣？不行嗎？」

南都火車站前四線交通要道，客運遊覽車麕集，旅客竄進竄出，流水車陣一輛接著一輛，上下班尖峰時段，你也在車陣中，走著走著一台摩托車，突兀地橫在對邊車道雙黃線上，少說占住三分之二車道，看情況是想偷步切到這邊來。他那線道的車流被紅燈暫時擋住，果然，當綠燈亮起，大軍啓動，你的經驗是這車不被罵臭頭才怪！可怪此車切不進我方車陣空隙，卻也無改變方向的意思，明明還來得及嘛！可您伯（媽、大姊、小姨、三姑、阿叔、二舅……）非一夫當關狀繼續橫著，架式清楚得咧：「是怎樣？不行嗎？」嘿！你從後視鏡看去，車流駛近橫著的摩托車前紛紛如紅海分道離去，有點耽誤，可完全沒見誰說兩句什麼的。

還是交通。老眷村群落，進去和出口的路都拓寬了，只有眷村那段維持原狀，老住戶生活動線幾乎都固定了，每天早上到煎餃店報到，四元錢一個煎餃、包子，韭菜或大白菜餡，綠豆稀飯或豆漿，陽春麵或荷包蛋湯，吃撐了五十元中飯都解決了。巷子小，錯車不小心就得擦撞，偏偏每天每天都有大剌剌的車橫在店門口，什麼車都有，老殘電動車人不方便沒事，單車占地有限隨時可移也說得過去，居然摩托車、轎車就停在門口，完全沒感覺不對勁，下車、點吃食、坐下，順得咧！看他一眼，沒表情也就算了，他回瞪：「是怎樣？不行嗎？」完全不見誰說兩句什麼的，店家都視若無睹，好像這世界沒比說話更費勁兒的事，所以，你也只嘀嘀咕咕說過一句：「眞有毛病！眼睛瞎了還是怎麼地？看不見門外都打結了嗎？」你再也不去這家早餐店了，你怕不說「教」你瞧不起自己的良知，說兩句有人朝你潑熱麵湯什麼的！

你開始明白，小城不把動線當回事。所以公園、學校、古蹟、市政機關……全沒圍牆，叫做無障礙開放空間。但南都老市區馬路窄，於是各式各樣市聲長驅直入製造汙染，除此小學生在教室上課，難保不一個怪叔叔進來緊盯著他瞧，也不全是怪叔叔啦！還有怪阿姨、怪嬸婆、怪老頭、怪幫派大哥，本來嘛！是你向我開放的啊！人來人往多了，學校祭出各式各樣開放解碼創意大法，譬如高樓就建在大門，現成的牆，阻斷你的「開放」，要不種些樹叢植物、長列布告、古怪藝術裝置……僞假成校牆，視線受阻？妨礙風水？你的家開放嗎？安全最重要啦！怪道是，所有圍牆拆除了，大門都在，突兀地站在那裡：「是怎樣？不行嗎？」

國家一級古蹟太舊了給塗上油漆：「是怎樣？不行嗎？」動不動就如天公生日半夜放煙火把人嚇醒：「是怎樣？不行嗎？」（半睡半醒的半夜，震耳欲聾的喇叭聲，通過煙囪效應般放大十倍像炮彈，你拉開窗戶，對著沒半條人影的黑夜鬼似的哀嚎：「我們有耳膜好不好！」）開著開著進入走一百遍也不適應的九十度拐彎地下車道：「是怎樣？不行嗎？」午夜以後大部分路口紅綠燈關掉閃黃燈：「是怎樣？不行嗎？」忘了嗎？我們不把動線當回事。

圍牆其實也有浪漫的故事可以發生。你有個南都成長的朋友，家住公園附近，她當少女歲月喜歡抄公園近路，那時代有牆，她懶得繞到大門，養成了個翻牆老習慣，翻著翻著，有天一失手，扭傷了腳，沒走幾步便跌坐路邊，夠狼狽，這時踱來個年輕男人，她趕緊伸出手作勢要對方扶一把：「嗳！嗳！可不可以請你……」話還沒說完，人家從口袋掏出五塊錢，放在她向上翻開的手心裡，逃也似跑掉。

她睇了眼鈔票，決定收進口袋：「是怎樣？不行嗎？」這時，又走來一個人。

白先勇寫的白崇禧傳會摹寫父親的小城印象嗎？未可知，但白先勇可知的生命肌理，摺頁又摺頁，早已鐫刻南都靈光。「有一天，在台南一家小書店裏，我發覺了兩本封面褪色，灰塵滿布的雜誌《文學雜誌》第一、二期，買回去一看，頓時如綸音貫耳……」

二〇〇四年六月十八日南都市府資訊網刊登了一則訊息，主要針對議會「延平郡王祠忠肝義膽牌坊」提案：

……「延平郡王祠」內「忠肝義膽」牌坊上所刻印徽章爲「國民黨黨徽」，建議應予以拆除乙事，市府文化局表示：延平郡王祠忠肝義膽上的徽章爲國徽，……置放在延平郡王祠內是否合宜，是引起爭執的原因。

翻轉歷史軸線，回到一九四七年三月，二二八事件遽起，白崇禧以國防部長身分銜命抵台安撫海東島民，謁祭延平郡王鄭成功祠，一代名將對名將，題書對聯，橫批爲「忠肝義膽」。一九六四年舊祠整建對聯被抹掉，改寫爲今日的「孤臣秉孤忠五馬奔江留取汗青垂宇宙／正人扶正義七鯤拓土莫將成敗論英雄」，未動「忠肝義膽」。（你好奇的是，原聯究竟寫什麼？）這道政治／歷史的習題，連結了當代文學史上一位大師，誰呢？白崇禧的兒子，小說家白先勇。

關於白崇禧南都行，還得添上一九五〇年十二月那筆，仍是延平郡王祠，此時已無任何官職的白崇禧受邀天壇遺址祭祀，手書「仰不愧天」並題記：

> 中華民國三十九年十二月延平王奉明正朔杞天
> 台南人士就其遺址重修命囑書額以應　白崇禧敬題

（是年，白先勇在香港，先上九龍塘小學，後入英語學校喇沙書院 La Salle College 初中部，一九五二年才來台。）

白崇禧對「寓將於學」顯然別有衷曲，一九三一年起六年時間白崇禧任故鄉廣西民團總指揮，推行政、經、學三位一體制，創導「廣西精神」，根據申曉雲所著〈遊桂半月記〉描述的廣西市民南寧氣象挺震撼人：

> 每晨五點，天明炮一聲，全城市的人皆起，學校教員、學生以及公務員，商人、工人無不起床，五點半上操場，分授軍事訓練，人民精神之振作眞不可及也。

連胡適一九三五年旅桂，其〈南遊雜憶〉最深刻的廣西印象除「儉樸的風氣」外，還有「武化的精神」，胡適特別強調「武化」一詞是頌揚。說來，若非時代弄人，白崇禧到不了南都。

白氏父子與南都結緣不止於此，一九五六年白先勇進了同年改制「台南工業專門學校」爲「成功大學」的水利系，白先勇的家國想像起步有樣學樣，結果卻勾出他的終極情懷：

> 高中畢業，本來我保送台大，那時卻一下子起了一種浪漫念頭。我在地理書上念到長江三峽水利灌溉計畫……當時台大沒有水利系，我便要求保送成功大學。讀了一年水利工程，……有一天，在台南一家小書店裏，我發覺了兩本封面褪色，灰塵滿布的雜誌《文學雜誌》第一、二期，買回去一看，頓時如綸音貫耳，……我作了一項我生命中異常重大的決定，重考大

學，轉攻文學。

不僅於此，白先勇在南都建立情誼生活新紀元：

> 我與王國祥十七歲結識，那時我們都在建國中學念高二，一開始我們之間便有一種異姓手足禍福同當的默契。……等不及要離開家，追尋自由，……王國祥也有這個念頭，……跟我商量好便也投考成大電機系。我們在學校附近一個軍眷村裡租房子住，過了一年自由自在的大學生活。

眷村，會不會是崇誨新村？文化評論者南方朔出身這座眷村。多年後，白先勇爲父親立傳，傳名「仰不愧天」，其中一章「廣西精神」交《印刻文學生活誌》以專輯呈現，和白先勇對談的，正是南方朔。

以「成功」之名，忠肝義膽、仰不愧天，白崇禧不無自況之意，白先勇寫的白崇禧傳會摹寫父親的小城印象嗎？未可知，但白先勇可知的生命肌理，摺頁又摺頁，早已鐫刻南都靈光。

你怯怯移到書架抽出要的，捱到館員邊遞上，頭都不抬：「自己登記。」借書儀式形成。（難怪你一直想在她那兒討回點什麼。）你從來也沒看清楚館員長什麼樣，有天她就蒸發了，圖書館也關了。（謎題揭曉，原來她成天磨在圖書館看書寫作，認識了詩人管管，嫁給他，離開了史前岩洞及台南。）

跨越小東路底，就是北門路，邊界與市區T字形聯結符號。對你，那像一條人生北回歸線。（北回歸線，虛擬之線，南北極中軸線傾斜二十三度半的物理事實。甲午戰敗，台灣割讓，日國土首度延伸北回歸線以南，興致地在嘉義水上建北回歸線碑標。每年夏至正午，太陽直射這條虛擬之線上。）T字形邊界小東路頭上，座落著日據時代軍醫院，日後陸軍八〇四總醫院，簡稱四總醫院，出身南都的小說家袁瓊瓊的父親在那兒心臟梗塞病故：

……我那時候沉迷小說，帶了幾本小說去看，坐在他床邊看著，看看就注意一下病床上的爸爸。有一次看他時，發現他睜著眼看我，……看了許久，我受不住了，挪到床頭邊去站著，那是他視線達不到的方向。……在他初去世的頭一年內，對我，完全是譴責的表示，我有很長時間內心負疚，認爲他是被我氣死的。

——〈夕暉〉

父親的死牽動了袁瓊瓊人生動線，母親改嫁，他們搬離亦在小東路上的湯山新村：

……有時到村裡辦事情，站在自己家的門外頭朝裡面看，……院子裡栽的雁來紅和茶花被挖掉了，新生了一棵野芒果樹。……我們的痕跡被漸漸抹去，陌生人的痕跡被漸漸加上來。

——〈老屋三十年〉

人跟成長城市的因果網，不止一言難盡，記憶甚至會自我內化衍生。老友李黎回台，袁瓊瓊說風是雨：「讓小蘇帶我們去台南玩！」你們高鐵早晨台北出發正午抵達，開友人車穿越郊區進到北門路，好好的一個現在進行式，袁老瓊明明路癡指鹿爲馬記憶修正主義偏又抬頭：「我繼父以前的煤氣行就開在這裡，後頭是金萬字老書店。」

你的記憶讓你沒好氣：「上回你才說住北門路那頭。況且，金萬字以前在開山路。」

「不！不！是這兒，張愛玲我就在書店站著看完的。」同行者清楚此人認路能力差極了，卻都沒吭氣，畢竟沒參預她的過去。

不，你們可是有一段歷史互爲參照的。

一九九八年六月，你主編的《聯合報・讀書人周報》做「重建作家／作品現場」袁瓊瓊專輯，該放哪些現場呢？她扳著手指頭數：湯山新村、四總醫院、台南商職、德光女中……

等等！你以爲聽錯了：「德光女中？」你才是那個讀德光的人，她初中上的可是當年最好的市中。

「是啊！一九六八年我高職畢業，在那兒當圖書館員。」

村子裡有向學的風氣，這時候各家裡頭有上學的孩子，多半都讓父母叫來，提了小板凳在院子裡唸書。在早晨清冷的空氣裡，那琅琅書聲顯得特別的純淨與乾淨。

——《今生緣》

袁瓊瓊十六歲生父過世，說來不小了，她天生晚熟，除了表現在難捨父親，把這段發生揉進半自傳小說《今生緣》外，再是當了圖書館員也離父親病床邊作爲不遠，一個永遠的女兒，埋首書頁，只是對照的人不一樣，你。

一九六六年你上德光，二年級時新圖書館開張，教會學校歲月漫長，有機會你就溜到圖書館，升學掛帥，借書率忒低，你都午睡時溜去，豔陽亮晃晃，四下靜到如座廢校，潛進史前岩洞，圖書館員抬頭看一眼便不再理會，你怯怯移到書架抽出要的，挨到館員邊遞上，頭都不抬：「自己登記。」借書儀式形成。（難怪你一直想在她那兒討回點什麼。）你從來也沒看清楚館員長什麼樣，有天她就蒸發了，圖書館也關了。（謎題揭曉，原來她成天磨在圖書館看書寫作，認識了詩人管管，嫁給他，離開了史前岩洞及台南。）

數十年後，解讀話語，兩人這才面對面同聲驚呼：「啊！原來那個人是你！」

說起這話，十年又過去了，你一直忘了告訴這位圖書館員：「我有書沒還哪！」

但這回，僅僅是啤酒，於你的出生地，與寧南坊馬兵營的女兒和酒及時代同席，深宵沉默，你越喝越脆弱，從沒想過，南都夜曲，可以這麼譜。

彷彿永恆的夏日，即使不是也接近如此時態。亮晃晃天空下，蕩著蕩著，往往又坐到府前路莉莉冰果店，視線穿越對過孔廟「子曰」篆刻石碑，（作家黃寶蓮來台南，同個位置，她驚呼：「這『日子』兩字眞好。」心情不一樣，視角就不一樣。）坐久巨傘狀樹蔭下的市民雕像似的，不止於此，早年，冰果店側牆懸掛的是台南前輩畫家郭柏川一九六五年巨幅放大畫作〈有香蕉的水果〉，一種在地的奢華心理，你一直認定那是原稿，專爲冰店普羅市民所畫。

這就完了嗎？不，同路段一百公尺遠前台南地方法院馬賽式圓形屋頂、類巴洛克風格建築物旁，立著鄭成功寧南門駐師陣地「馬兵營遺址」、「史家連雅堂馬兵營故址」碑誌，地址疊著地址，怎麼回事？連雅堂〈臺南古蹟志〉記錄「乙未之夏，先君捐館」史實，才有連雅堂〈過故居詩〉抒懷：海上燕雲涕淚多，劫灰零亂感如何？馬兵營外離離柳，夢雨斜陽不忍過！

乙未是什麼概念？一八九五，甲午戰敗，馬關割地條約，台灣日治元年。

多年後，連雅堂的外孫女學者、散文家林文月爲先祖作傳，遂有寧南坊「馬兵營之行」，尋覓舊址，難免感傷：

> ……光緒二十七年，一九〇一年，日本政府欲收購馬兵營連宅爲台南地方法院。……自此，庭園樓台夷爲平地，七房族人四處星散……

那是一九七七年，「五月的台南，炎陽炙人。」（一見這形容，你笑了。）

時序來到二〇〇八年四月，林先生應老學生現今成大文學院院長陳昌明的講座邀請，主講「歸鳥幾隻——談外文資料對文學研究的影響」，事前，她重臨馬兵營，當年她曾問「騎樓轉角處擺個小攤子」賣檳榔嘴角有紅汁的阿婆：「這裡是不是古早叫作馬兵營的地方？」這次呢？

三十一年後，立碑上簡單幾個字，帶林先生回到整幾代故事前。晚上於她下榻的旅店，你是一場師生宴的陪客，老學生帶了幾瓶「受教」飲過的紅酒，其中一支September，九月，喜歡這酒名有時令性，其實說來，一切不外時間。多年未見林先生，夏日寧南城，不要命的，回到文學身世，頻頻舉杯，曾經有那麼個記憶，你們共飲，林先生多矜持分寸，你就多滿口胡言：「不該說的，和林老師面對面喝酒，眞是視覺美。」林先生微笑：「我們都是女性，自己人就不說這些。」你大膽認定這是「酒人的倔強」（臺靜農先生語）。在那個記憶裡，深夜路邊，會心別過，林先生不知道如何，你豈止微醺，是林先生〈飲酒及與飲酒相關的記憶〉的句子：

喝酒的感覺如何？一杯繼一杯之後，……我才了解，日本人稱酒醉者之步伐為「千鳥足」的道理。

晚宴暫告段落，你隨林先生上樓回她房間，林先生細心備了禮物，但主要世事滄桑，你們丈夫相繼離席，需要另類獨處交談，只在那一刻，你好慶幸旅店房間燈光如此暗淡，你們才能無奈重重嘆息，他日發酵。（林文月的舅舅連震東，也善飲，晚年得痛風忌酒，她去探望，連震東自己九分水羼一分酒，另倒酒給她：「你喝純的，舅舅就算是陪你喝雞尾酒罷。」臨去，「取出一枚外祖父〈延平王祠古梅歌〉的遺墨鉛版贈送與我……摩挲那灰暗凹凸的版面，我就會想起那一個寒冬午後的景象，逝去的音容，甚至酒香。」）

城內最晚的夜，你們往下移師旅店pub，行過大廳深寂，馬兵營故址不遠，與另一學生輩廖美玉及你，三名女子傾談對飲。廖美玉和老師一樣，有酒名，她在的場合，既輕鬆又緊張，酒人的倔強，但這回，僅僅是啤酒，於你的出生地，與寧南坊馬兵營的女兒和酒及時代同席，深宵沉默，你越喝越脆弱，從沒想過，南都夜曲，可以這麼譜。

體會王大閎：成大中文系館 136

這城市有更多地方、空間需要整理（更新？），請把王大閎、小西門、東門老城垣，包括在外吧！有些事物完成即完美，不需要無謂的消耗。如果我們懂得丈量與尊重，就會懂得不該推翻一個好空間，創造一個經不起考驗的（無聊）空間。

坐在冬陽鋪寫洗石子蔓延出去的窗前，不需要多久，你就會知道光和風的訊息，建築的訊息。成大中文系館，洗石子、磨石子、二丁掛建材組成這幢如傳統小小南方書齋天地，絕對的王大閎，他的建築物幾乎都有雨遮，獨特幾何美感的手法，當然，此間也不例外。

於是你好奇的查到一個數字，一九八四，啥概念？此一九八四非彼英國作家喬治．歐威爾政治諷刺小說《一九八四》。成大早年無緣請王大閎來教書，但是八〇年代，成大建築系重鎮吳讓治、許茂雄、翁金山等教授，主動邀王大閎設計文學院，那年，成大有了一座建築系學生的夢幻作品，這幢充滿王氏風格的建築體即中文系館的前身。何謂王氏風格？比擬王大閎最知名的設計國父紀念館，建築學者王鎮華說：「忠於混凝土的材性，又捕捉中國建築木結構所獨具的神韻。」流露現代主義簡潔美感與理性，二十四年過去了，與周圍環境既和諧又溝通。

是的，溝通，關於現代主義建築與中國傳統空間的對話，另一位建築學者郭肇立說得好：「王大閎不否定象徵，象徵可以說故事，讓人能在裡面追憶對話，他的建築是跟人溝通的。」

豈知溝通在二十多年後，成了建築美學上最兩難的部分。這麼說好了，假設當年王大閎到了成大，那天，坐在這幢當年他們老師輩心目中的夢幻建築物兩人中一位成大建築系畢業學生，「敢不敢」在那裡用 PowerPoint 向著一屋子中文系老師們示意，他們是如何改寫卡夫卡「拆解生命的房子，拿這些磚塊蓋小說的房子」，執行市政府改善勝利路計畫，作法：拓寬勝利路，往系館推進，拆掉中文系館與緊鄰勝利路的圍牆，然後以王氏建築體作爲內外區隔牆面。至於沒王大閎牆的部分，則豎上「仿木製圍籬」，打造台南獨有極沒道理的假「無障礙空間」。他們說：「成大該回饋住民一些活動空間。」（大意如此）慢著！不光中文系館，還連坐市定三級古蹟小東門城垣殘蹟和小西門。（五十年樹齡以上的羅望子路樹呢！）

突然滿屋子師道驚醒，（老師的懲罰與規訓？）先別說教室外即人行步道市民閒逛園子，先別說王大閎價值，學生的受教權隱私權空間主體性呢？學校不是最該打造安全安靜的教育環境嗎？這是一所國立大學，師生們專注創造頂尖大學進程不才是最好的回饋？哪來什麼空間交流但書？更遑論以學校爲主軸方圓五里哪來住民？

回到王大閎，這是一幢當年有認知者求來日後必成爲歷史一部分的經典建築，是活的人文空間圖示，這種起碼的認知，不正是成大人該追求的人文視野？破壞了一個建築物的空間結構，等於切除了建築的肺，這不是一個建築系學生起碼的修養嗎？在建築界主催製作的《久違了　王大閎先生！》影片中，龔書章建築師提到王大閎處理空間元素，有時只有一道牆，他說：「那其實是中國文人對空間的極致表現。」學者郭肇立也說，那是內縮的，拒絕外面，追求寧靜沉思的生命態度。

這城市有更多地方、空間需要整理（更新？），請把王大閎、小西門、東門老城垣，包括在外吧！有些事物完成即完美，不需要無謂的消耗。如果我們懂得丈量與尊重，就會懂得不該推翻一個好空間，創造一個經不起考驗的

（無聊）空間。

「體會王大閎的建築，必須非常敏感，悲哀就在這裡，別說外行人不懂，連建築界的人都不見得懂。」漢寶德如是說。

王大閎曾譯寫王爾德 *The Picture of Dorian Gray*（有譯《格雷的畫像》）爲《杜連魁》，他把故事背景搬到了台灣，小說寫杜連魁爲畫家描摹自他的畫中人吸引，便以靈魂交換（外在）青春，好一個浮士德與魔鬼交換靈魂換取知識的故事反寫，杜連魁的青春保持了下來但面目日益可憎，畫中人卻垂垂老去（見證者著實礙眼），杜連魁於是先殺畫家，再殺畫中的自己。

《杜連魁》被稱爲王大閎的另類紙上建築，杜連魁究竟殺了誰？誰又殺了杜連魁？這難道是一個寓言？

瘂弦的台南

這個月，在南都，你親眼目睹前老年期的瘂弦，是如何搭建且覆蓋青年流亡學生王慶麟時期及其晚歲傳說一幕幕奇幻場景，而此時，後視鏡裡，小城燈火中（台上的瘂弦和台下的瘂弦）榕樹身影，詩人獨自站成一種姿態。

二〇〇八年辭歲十二月，南都向晚天幕下師徒倆車腹內閒散聊著，一定要談的是逝世三年的橋橋師母，做師父的瘂弦，平靜聲音陳述師母走後，衣櫃找到一包綑妥的內衣褲，上頭夾張紙條寫道：「出客可以穿，這是全新的。」一切在生前都照顧安排完成：「那一刻，你怎麼受得了！」提起兩人以前不時爭執，瘂弦能說，橋橋師母最後反攻：「當然哪！我哪講得過你，你是演話劇的嘛！」演《國父傳》得過金鼎獎最佳男演員，這會兒成了攻擊點。詩人嘆氣：「想想以前那些自以爲的俏皮話，是刻薄了點。」

你們政戰國的傳奇：「瘂弦如水。」除了澄澈，主要是遇上啥容器就成啥樣子。但現在，有些什麼不太一樣了，如水的瘂弦甚至比以往更犀利充滿靈光，卻又是一個全新身分的你的老師，現在的瘂弦改變了以前的瘂弦？你的老老師。

成大一個月的華文作家工作坊紮營，轉眼過去，你從未想過，會在另一個你受教的政戰學校之外學校與他同席。你記憶中的課堂是他壯年、北投大屯山脈下營區改建的教室，每周一次，他站台（天）上你們坐台下低到泥土裡，遂以從容甜美聲音教授「藝術概論」，下課，你班集體帶隊回連上，他提公事包拿傘去搭交通車走，背向大屯山脈步下草皮石階，陽光直射，藍天綠地，總是這樣的行程。有天你落了單，遠遠看見他突然搖擺起傘及公事包，自得地一石階一石階跳起了卓別林舞步。那畫面遂成為大屯山歲月最動人的印記之一。外在的瘂弦和內在的瘂弦。

一九五〇年河南青年王慶麟隨孫立人麾下三〇四師駐紮台南旭町營房，一〇二〇團通信連無線電排上等兵，團部外操場上坐著一株巨榕，（一九六六年，大學接收了這片一九四五年前日本步兵第二聯隊的旭町大本營區，換了名字：光復校區；同時接收的是一九二四年日本大正十三年裕仁皇太子栽種的大榕樹。日後長成雍容、華麗茂美成大地標。當年的小兵回防，經過現在的大成館：「這是我們老團部。」凝望榕樹再再說：「都沒長，以前就這麼大。」你轉頭看他，以前你老覺得老師是路癡，現在有點明白了，一個跋涉幾萬里的人怎麼可能不識（記憶）座標。記憶必須被修正，否則就不叫記憶。）操場上，兵們光膀子、紅短褲、載斗笠劈刺訓練殺聲震天：「一整個夏天都這樣。」營房邊界勝利路隔著成大前身「台灣省立工學院」，另一道牆內走動著「和我們年齡差不多的大學生，眞是羨慕。」校園吸引著河南青年，半夜下了衛兵，穿過勝利路推移進入校區，走過圓形池塘長長的走廊，看見一排布告欄，上頭貼滿作品，就著月光，河南青年興味讀著，其中一首詩，什麼意思不知道，可好美好深刻，牢牢記住幾十年：「是誰灑下這午後的陽光／是阿波羅，是里昂？」（吸引著他在）一九五三年他考取北投復興崗政戰學校，離開了勝利路兩岸，同年，背包裡直接取出「瘂弦」二字當筆名，（戰士們戍守著這片老空間。旭町營房兩年，青年王慶麟「向一個姓馮的小兵學拉二胡，迷上那種『啞啞吐哀音』的味道，時常一個人抱著二胡，鑽到團部營房建築下方通氣層，拉著啞啞弦音。」詹伯望報導：《國立成功大學校刊》，一九五頁。）開始正式發表詩作〈我是一勺靜美的小花朵〉，一鳴驚人，成了讀布告詩出身一道最難解的密碼，可以這麼說，他既是孫立人旭町營房的兵也是省立工學院的隱形學生：「我在的時候是王石安校長，走時已經換了秦大鈞校長。」日式幽靈旭町營房大榕樹底下走出不少藝文界要角，朱西甯、司馬中原、段彩華、張永祥、孫越、郎雄、王生善……。別人你不知道，同樣流亡學生出身政戰國傳奇張永祥張師父，山東大漢，口吃，天生幽默，完全不來苦難時代苦難兒女那股酸腐，「你們張師父劇本寫農民買了條小驢兒，得抽水煙才願意幹活兒，主人笑罵：『花錢不多，毛病不少。』」還有，婦人女兒面前糗丈夫：「你爸爸啊！到街上買條魚都是臭的！」師徒倆一路文武雙修既罵又踐文既笑又感傷既回憶又向前，在逐漸更深的夜色一步一步往成大反方向移動赴臨別晚宴。抵餐館，他先下，你去停車。

這個月，在南都，你親眼目睹前老年期的瘂弦，是如何搭建且覆蓋青年流亡學生王慶麟時期及其晚歲傳說一幕幕奇幻場景，而此時，後視鏡裡，小城燈火中（台上的瘂弦和台下的瘂弦）榕樹身影，詩人獨自站成一種姿態，他所說瘂弦筆名的潛意義：但識琴中趣／何勞弦上音。

也是鼎食之家？ 144

重回古城，坐定下來，一再發現自己的不安，你背叛了你的食物記憶，早年沒錢沒人帶著吃的食物，終於，隨處遇見，以過去的食物想像銜接現在的記憶，怎麼也轉換不了，嘆口氣，只好承認，你在你的新故鄉，失去了脾胃重建權。

小吃店到處都是，沒南都那麼日常生活化到成爲家史的，左看看老唐牛肉麵右瞧瞧林伯肉羹買賣店招，（台語唸起來能聽嗎？）一家家坐不改姓行不改名直來直往告訴你唐老大林伯賣牛肉麵肉羹啦！這還眞有點古風。可不是，《史記．貨殖列傳》裡，那些靠小買賣發財的人，不都有個名頭出身：田農，掘業，而秦揚以蓋一州。掘家，姦事也，而田叔以起。博戲，惡業也，而桓發用富。行賈，丈夫賤行也，而雍樂成以饒。販脂，辱處也，而雍伯千金。白話文說的是：秦揚田叔桓發雍樂雍伯幹的博戲、行賈、販脂行業。轉換爲現代版即賭博電玩、燒肉粽蚵仔麵線、化妝品。

所以囉！一個到處豎著店招擺明姓啥叫啥光明正大跟人套近乎的老城的小店，不是你說，還眞透著點古怪！是吃人豆腐呢？還是對身分的眷戀？或者對自家食物的信心？你成天開著小車到處亂逛，中西區你來到三哥平價涮涮鍋、二姊炒飯炒麵、萬伯鹹粥、大嬸菜粽、陳媽媽美食坊、阿宏活蟹，咦！什麼三哥二姊萬伯大嬸的？你進去叫是不叫：「三哥來個鍋！牛肉的。」好嘛！你往南區去，小豆豆鍋燒意麵、燕姨好粥到、牛伯乾河粉、楊哥楊嫂肉粽、莉莉冰果室，不僅有「竇爸雞腿飯」，還有「竇爸雞肉王」。「竇」又不是大姓，幹嘛搶著賣雞肉？開間「竇漿店」不好？西餐總不管你姓啥名啥是我什麼親朋好友了吧？不！媽咪小尙廚、阿弟牛排、伊莉的店，甚至以《愛麗絲夢遊仙境》裡漫遊夢境的兔子爲名的「布吉拉潘」，嘿！還有大春家庭理髮，可眞周到，吃完了順道理個髮！（張大春怎麼說？）你繼續踅往西區及重劃區，周氏蝦捲、朱叔叔餃子、小妹水果、阿鳳浮水魚羹，別提阿霞紅蟳米糕、姚記燒鳥、蔡家豬血湯、蘇家豬血湯。北區隨便吃：肉伯雞肉飯、勇伯豬腳、梁家麵店、老張早餐，到處是熟人，那感覺挺無奈的。有天無意間經過夜市，眼前一亮，噢噢！人家「大姊檳榔」啦！怪不得吃半天就感覺不對勁，原來家族食物譜系就少這一味零嘴，這會兒到齊了。

可這張南都食物圖，充滿了你個人的吃的幻滅，那些不在食物記憶譜系裡的意麵鹹粥蝦捲雞肉飯燒鳥紅蟳米糕浮水魚羹，你一點都不知道把它們安頓在哪塊！你爲覓食而牧遊，這些在你情感以內經驗以外的大有來頭的日常生活食物，早年往往只聞其名，而不知其味，對眷村出身的牧民而言，這是奢靡的想像了。你曾想，有一天，你會來得及回頭重建你和古都的食物關係，但是，你錯了，重回古城，坐定下來，一再發現自己的不安，你背叛了你的食物記憶，早年沒錢沒人帶著吃的食物，終於，隨處遇見，以過去的食物想像銜接現在的記憶，怎麼也轉換不了，嘆口氣，只好承認，你在你的新故鄉，失去了脾胃重建權。你的五覺，早如金湯城池。古城小吃，沒你的份兒。

這一切在你遇見影劇三村老基地３３麵館有了定論，於是，很本能的，你以在地慣習詮釋店招：「老闆，你排行老三？還是當文藝青年時迷戀三三集刊？」外省口音老闆滿臉迷惑望向頭臉乾淨的妻子啞然失笑：「是門牌號，省事啦！」

村上張媽媽的前女婿，也姓張，影三落了戶，離了婚離不開影三，索性和現任大陸妻子在此創業，夠情味吧！你妹：「張媽媽還常去幫忙咧！」眞是千瘡百孔人生網絡理也理不清，倒不會讓你不舒服。簡簡單單的麵館，（賣漿，小業也，而張氏千萬。《史記·貨殖列傳》）角落坐著瓶瓶罐罐自家煉的辣油、蒜泥、醋、麻油，你站在一面牆前，上頭紅紙黑墨字價目表，瓠瓜韭菜大白菜餃子，水餃外帶一粒二元半，內用三元，麻醬炸醬陽春麵

（二十五元），青菜豆腐海帶蛋花豬肝湯（三十五元），炸獅子頭豬肝豬耳朵……，破落眷村戶打不退的年輕經營者，小吃店就是小吃店，哪都有的生活基本盤，夫妻倆手下麻利，聯手打造（新）故鄉新一代老食物圖鑑，你的原初脾胃。於是，「十個瓠瓜餃子加碗青菜豆腐湯不要鹹」，你坐了下來。

▸▸ 四川好女人 148

布萊希特的四川女人的啓蒙其實你才不在乎，眼前這四川女人，你可以不喜歡她的涼麵涼皮配方，但你不能不想她的來處，你止不住納悶，後南都人過渡到後後南都人之間數十年時間去了哪裡？怎麼就迅雷不及掩耳般來到現在？

十一點的夜晚，南都眷村改建的國宅一樓四川涼麵仍亮著黃燈，望進去，手舞足蹈動畫片正演到收店情節，飾演嫁過來的重慶媳婦，挺著產後未消的肚子，圓滾滾坐在矮凳上涮洗鍋盆什物，台灣丈夫將木椅倒架桌面，準備灑掃，一旁是蚊帳覆蓋的嬰兒車，以及趴睡桌面的小姊姊，你好想輪迴進入這勤奮家庭小吃店默片裡頭窩住，但你分明早已失去屬於你的小城時光，戲碼凝凍住的運鏡軌道，你們村子、整個南都，當年基本上都定格這色系與情調。那時，一場歷史颶風颷起，前南都人、後南都人，大家臨時演員似被吹到一起，很難定位吧？你們後來者，被籠統稱爲外省仔、眷村的……，比較大方向的標記，不是現在太針對性、沒啥趣味的大陸妹、內地客等等。

回到四川涼麵店。三個月前他家的涼麵涼皮二十五元，你問四川媳婦：「沒漲價？」漲價，成了全民運動，地不分南北城鄉，貨不分東西。她說：「不敢漲，現在生意就掉了，怕漲價更糟。」可撐不多久了，別家都在罵，破壞行情。說來南都眷村多，南北麵食齊全，四處可見「二空涼麵」、「水交社涼皮」正宗、原店、老牌店招，很有得競爭。口味呢，兩岸未開放前，就地取材數十年，多半是修正台式口味，倒是隨著新興川娃兒腳步他家的麻辣逆轉出正宗川味。

逆轉一個月前，涼麵涼皮三十元。這回，你進去買了盒涼麵，三十五元，又漲了。就在她打包時，電視正播報四川又發生規模五・四強烈餘震，震央仍落在汶川，你其實不知道該用什麼語氣問汶川大震她老家狀況，剛好搭上電視新聞便問了，她說沒事，倒是有個至友家人全死了，不要他們金錢資助，行屍走肉去了重災區做義工，沒日沒夜一心往絕路去：「最好做死，獨活下去幹啥？」

這時女兒醒了看見嬰兒弟弟也睜開了眼，便逗著玩，父親一旁喝斥：「就知道玩，連課本裡『節奏』什麼意思都不懂！」小女孩根本不甩，都半夜了，小孩不在床上，還節奏呢！

南都之子早年到廣東東莞鞋廠當品管，遇上赴沿海打工的川娃兒，南都之子微近中年，有點先天駝背，耽誤了娶妻，十一年前爲了娶川娃兒打通關節：「走破冤枉路花盡積蓄。」終於成了，落腳後另起爐灶開川菜館，南都人怕辣嗜甜不慣正食，收了館子改賣涼麵，又發展出涼皮、滷味、湯、牛肉陽春麵什麼的，女兒是兩人大陸時期懷著回到台灣生的，這會兒轉眼都小五了，眞帶勁的川娃兒再度懷孕，年前貼出布告：「店主妻子即將臨盆本人慶獲麟兒人力不足下周起縮短營業時間。」還眞事無不可對人言！

南都之子其實性急，常當著客人面亂嚷嚷：「拿豆芽來給我燙！快！」川娃兒：「我在忙。」南都之子氣急敗壞：「你忙，所有流程都堵住了。」還當仍在東莞做品管？印象中川人和湖南驢子、湖北九頭鳥同條路數耍潑出名的，可這女川娃兒永遠細聲細氣：「客人總不能讓人家等嘛！」人家有手藝、愛什麼年紀生孩子都成，還有十根綠指頭很會種植物，憑啥當弱勢一族？你旁邊站著心裡發毛聯想到德國劇作家布萊希特（Bertolt Brecht, 1898-1956）的《四川好女人》（*The Good Woman of Setzuan*），在他的那齣戲裡，神仙裝落魄下凡到四川，要尋找世間眞正的好人，走遍全城，無人理睬，只有貧窮的妓女沈蒂好心收留，沈蒂被償以鉅款致富，寓意來了，有了錢的沈蒂該繼續做好人還是從此當個斤斤計較的非好人？一般咸認這齣戲是要人反省人性善惡、社會現實與生存選擇的問題。你出神揣想，眼前這川娃兒呢？被逼緊了，離了仙鄉的女川娃兒會不會突然凶性大發，老娘豁出去！再亂嚷嚷，就把你給做掉！「好了！對不起，讓你等。」川娃兒遞上麵，你回過神搖頭笑了笑，拿麵付帳走人。

布萊希特的四川女人的啟蒙其實你才不在乎，眼前這四川女人，你可以不喜歡她的涼麵涼皮配方，但你不能不想她的來處，你止不住納悶，後南都人過渡到後後南都人之間數十年時間去了哪裡？怎麼就迅雷不及掩耳般來到現在？一九四九年以來，幾乎六十年過去，在島上你突然見識到正宗口味的麻辣涼麵涼皮，之前的都不算。難道天上人間真是一場戲？

晃蕩的要件是保持流動，於是，該離開了。在黑漆的泥地你拾了四顆土芒果，才轉身，樹上又劈里啪啦依地心引力定律往下掉，每顆都可疑的完整無傷，真是植物本能趁軟熟前脫蒂，免得跌得皮開肉綻？聞著手上的溫暖的土芒果香，明天這氣味會證實你有過一場浪跡。

粗糙石柱上勒刻著兩張相視而望的側面人臉，中間豎寫「bod」，人。下弦月暈打光在石柱上，房子裡倒沒半點光，你們一行四人中有人伸手按了門鈴。

中央氣象局二十三日：輕度「風神」颱風在距離台灣六百公里的海面上，以每小時十一到十五公里速度持續朝北移動，沿台灣西側襲來。

你們的「瘋神」晃蕩正要展開，原本是晚餐約，三山國王廟埕小攤「海克」螃蟹，便宜又乾淨，沒開；那就換「老房子」小館飲紅酒，沒開；趄去委屈的寬度僅兩扇窗的三層老樓「長廊賣酒」pub，沒開。成！去安平東興洋行吧！噯！那可是三級古蹟！別土了，人家有露天酒肆！開了，但也臨近打烊時間，點了一架啤酒「塔」，另桌客人全是老外，大聲歡笑，比你們怡然多了。

酒店打烊你們埋單，沒人提起吃晚餐，上了車朝海晃去，與詭異銜接海平面的天幕剪影平行，不遠防風林頂著渲染成黑鑲紅的大片天色，咻咻咻風聲車腹擦過，你彷彿坐在德國名導溫德斯的電影裡。（每一幅畫面都可以是一部電影的第一個鏡頭。——溫德斯）車行如環流，你開始明白絕無可能弄清楚這張晃蕩地圖，譬如燈火通明的遠洋魚市場突然跑進眼底，晃蕩者之一說：「我們常半夜三更跑來看漁獲交易。」是啊！這肯定是很普通的事；不一會兒孤立空曠土地上的灰白建築群冒出，又說：「有日本建築大師安藤忠雄風。」是啊！用房子向大師致敬，也絕對每天會發生。

抵達座落安平區這幢兩層老屋工業設計室，老城市生活，你只想找回記憶不想創造記憶，所以早習慣了不問去哪裡是哪裡，此刻卻也忍不住追了句：「這是哪裡？沒人吧？」貼在鐵鏽效果大門往裡瞧的人笑稱：「哪會，這些人都不睡覺的。」

真有人出來應門，戴著牙套的面容滿臉是笑一副見怪不怪，你內心有些堅持開始鬆動，之後，你就像個好動兒了，忙著體驗依飛機客艙發想打造的廁所，埋進撿來的生鏽網狀鐵椅，喝冰淇淋杯裝的跑味白葡萄酒，（他家發明測驗軟木塞有沒有走氣的滲透器且得了獎）被豔藍矽橡膠手指按摩，感覺坐四只汽車避震器撐住的玻璃桌子啥滋味，（加上大夥兒的腳，這桌底有些擠。）順便用餘光捕捉角落木柱拼裝的九宮格狀凳子如何放在設計奇才 Philippe Starck 有名禿禿沒椅面光剩章魚拱形腳架的椅子旁而不遜色，（Starck：「我不是設計師，倒像棵聖誕樹。」難怪此人作品有種天真氣質，晃蕩者二人組想去香港半島酒店頂樓的 Felix 餐廳，沒錯，Starck 的手筆。）接著你又好容易登上數萬元高腳吧台椅身體滑稽扭曲的歪坐著，俯瞰椅腳蜷伏的虎斑貓，該怎麼下去才能不把貓給壓壞？果然上台容易下台難。（最後有人移走貓，解除了性命攸關的一場災難。）

晃蕩的要件是保持流動，於是，該離開了，出到院子紅磚牆角斜倒著一輛「未來摩托車」，你開始覺得這玩具房子搞不好是熱蘭遮城古堡牆壁糯米和糖做的，在黑漆的泥地你拾了四顆土芒果，才轉身，樹上又劈里啪啦依地心引力定律往下掉，每顆都可疑的完整無傷，真是植物本能趁軟熟前脫蒂，免得跌得皮開肉綻？聞著手上的溫暖的土芒果香，明天這氣味會證實你有過一場浪跡。（許多年後，我在抽屜裡發現一疊未沖洗被遺忘的底片，主題是「時間的流逝」。——溫德斯）

晃蕩的腳步，結束在一間半夜還爆滿的意麵店，心靈澄澈之後，身體最容易感覺飢餓，你點了大碗意麵、餛飩湯、小菜、台灣啤酒，然後像個瘋子般開始狂掃。

▶▶ 擺渡 156

古都現代性顯現在一種退化的狀態上。大街小巷坡道陋弄清晨正午黃昏夜晚，他們一車獨行，孤單的擺渡者，電動車身緩慢挪動，交叉古城詭異的最小制約動線網，他們的目的地是哪裡？要去哪裡？

光明與墮落、表面與深處之都，巴黎，亨利．詹姆斯《奉使記》（*The Ambassadors*）中如是描摹。這位出身美國紐約知識分子家庭畢業哈佛法學院的不凡作家，教養所繫，他的作品往往集中刻畫上層世界的矛盾，並不著墨普羅大眾同情。但優渥的家世並未使他安定下來，在歐洲各國旅遊了一段不算短的歲月後，七〇年代中葉，進一步離開紐約，移居巴黎、倫敦，更在日後入籍英國逝於倫敦。他不改變城市，而是選擇改變自己的城市視線。

什麼樣的城市氣息讓亨利．詹姆斯選擇離開原初之城？你不知道，但你知道回來的感覺，再回來，城市老了，怎麼個老法呢？

市民，是的，主要道路上，一群新生族群現身，附著於電動車，緩緩緩緩地，與城市及你錯身。

你初見如此景象，極訝異，簡直匪夷所思，且一旦發現了他們，隨即啓動不斷遇見他們的程式，古都現代性顯現在一種退化的狀態上。大街小巷坡道陋弄清晨正午黃昏夜晚，他們一車獨行，孤單的擺渡者，電動車身緩慢挪動，交叉古城詭異的最小制約動線網，他們的目的地是哪裡？要去哪裡？有什麼非去不可的地方催促他們上路，以這樣的速度，你明白，他們絕對走不遠。進步城市大眾運輸歧視持老人票者時有所聞，你不免想到，島上中南部並未聽聞有這樣的狀況，以前你不知道是啥理由，現在，你似乎有些明白了。

型式各異無關現代速度，這批電動車族有自己的交通習慣及工具，車族年齡目視粗估以七十五歲以上老者居多，他們能動，但顯然不想呆坐屋內，人老了，並不表示不想有自己的生活，總之，他們出門，他們生活，在傳統市集、醫院、小吃店、郵局、公園、夜市、騎樓，但出門，意味著大多數時間必須耗在路途上，以時速二十龜行並儘量靠邊，與任何車種拉開距離，你其實懷疑他們看得清紅綠燈，擺出的「路死路埋，溝死溝埋」生命架式，世間

所有「正常」的上路守則沒寫的，他們獨具架式，他們緩慢他們向前，帽子眼鏡手套等等裝備，以及腳邊杵著下車後要用的拐杖。

車族的車款型式眞不少，顯現土根性生命活力，拖著畚箕狀小型三輪車、學步車改裝、箱型娃娃車變身、單車造型、有牌無牌電動車……唯一都只容得下單人空間，他們是人世的個體戶擺渡者。

但眞的只是個體戶？直到那天，你望見這對夫妻檔，（可想你眼睛突得多大！）好老好老縮得像《魔戒》裡的小哈比人，擠在改造過的船形電動車身裡，沒錯，兩個哈比人，男哈比人主導路線當司機，忙著找什麼，一家店一家店慢極陷在自己的世界裡，上車下車開車停車前後張望，兩人不時交談，你不由自主跟著舟形電動車，多美的圖像，原來擺渡是可以有伴。

這流蕩而不耀眼的風景究竟是怎麼形成的？台南 e-bus 宣傳稿：爲使市區公車路網更趨完整便捷，繼實施假日觀光休閒公車免費搭乘後……新闢內外環線免費公車開跑，公車乎你坐免錢。

是了，公車免費，配置休閒路線，還普及一般生活路線。哎！南都公車族失去伴隨的是都市現代化。如今人人一輛摩托車，熟門熟路穿街梭巷，來去自如，南都因此幾無靜巷可言。

那麼，擺渡者的人生路線標示如何呢？終點站又可能是哪裡？看看這張簡約版休閒公車路線，或者給我們一個靈感：

安平線：火車站→延平郡王祠→孔廟→赤崁樓→水仙宮→億載金城→安平古堡→安平港觀光魚市場

台江線：火車站→赤崁樓→水仙宮→安平古堡→四草→鹽田生態文化村

所以，好不好也給擺渡者一張孔廟、水仙宮、觀光魚市場、生態文化村路線圖？等到抵達的那天，才不會太無趣。

亨利．詹姆斯的光明與墮落或上層與普羅，擺渡者顯然站在無名者這一邊，他們改變了你的城市視線，你還知道，無論舟形車族如何被看見，他們，只是堅定的，上路，遊生命之車河。

▶▶ 路邊攤 162

你起步趕落後的陽光路邊攤進度，小至二手書、民藝品、禪寺籌措經費流動貨車載水果義賣、關東煮、烤地瓜、現榨甘蔗汁、望遠鏡、解碼器、釣竿、竹編籃子（黃藍、土橘混搭格紋圖案竹籃，朋友驚嘆：「簡直比塞尚還塞尚。」是啊！比維梅爾更維梅爾、比梵谷更梵谷……），大至單車、機具、電扇。

那中年漢子，赤腳躺在路樹陰涼處顧攤，排列整齊的桌椅如工藝展覽，自成一路，誰管什麼行銷規矩，你始終有個偏見，路邊攤總比店貨看來收拾得利落，瞧著瞧著過了頭才猛醒來：不是那找了個把月的路邊家具攤嗎？這麼容易又撞上了？之前是在小東路段，天光下試坐了幾款，那些桌椅長寬高低看起來怪怪的，非西方路數，也非宋、明款式，唯都結結實實。老闆嘟嚷說遠從屏東來，（你慣性猜疑：「八成是大陸貨！」）嘟嚷純手工可訂做，（你慣性挑剔：「憑這手藝？」）可想而知，沒買。但你恢復正常人之後，眼前老浮上那些尺寸怪怪的笨拙桌椅，搭配著日常生活記憶中的漆味。

頭頂烈陽，下車踱過去，你突然想到，南都路邊攤都跟陽光是結盟拜把。中年漢子認出了你，訥訥的國台語摻雜：「桌久不見！」擺明做桌椅買賣。不囉唆，圓桌、長方書桌、板凳各下了訂單，你的尺寸更怪，長方桌還好，圓桌當場被否決：「尺寸沒合啦！減一吋卡好，興庫旺財，做一世工，都聽我話沒錯！給你做壞運不該啦！」不打算做一槌子買賣。遞上火柴盒大小手工影印複寫名片：茶桌、椅寮、椅頭、賣椅李 0913××××××，路邊攤也有路邊攤的事業格局。

才兩週，一通電話裡亂吼叫：「我桌子李啦！」你：「誰？」仍吼：「桌子李啊！書桌好了緊給你送來啊！」八成路邊高分貝待久了，弄耳背了。單槍匹馬，挺沉的檜木一口氣扛上三樓，架好桌面，雕花桌腳手工複雜到令人頭昏，桌子李全是得意：「我兒子說雕花好看啦！他一定桌腳要給你加粗，要不然不穩啦！」這筆買賣你說一句國語他應一句台語，樣式比照眼前展售物，哪來現代人契約？桌子李有點忐忑：「桌腳加料得另外算啦，但我說好了不該變，回去我媳婦講我老了，下次談生意，尺寸先電話問她，要不做白工，我閒閒在家做不動，出來兜生意，歹交代。」你笑了：「沒事，加多少？」桌子李：「一千可不可以？我媳婦講你是讀書人，明理啦，沒收沒關係，說給你知道。」桌子李有沒多帶走一千？不告訴你！總之你確定，曬成這關公臉一輩子都會認你。（老是的深宵台北雨夜，行經路口紅燈停下，黑裡走來一女子，捧著玉蘭花兜售，都半夜了，你搖下車窗買三串，女子連珠炮轟來：「我爸剛生病住院了啦！我嘛沒贏，小孩還小，都嘛沒贏，我爸生病住院了，怎麼辦……」說這些幹嘛？你是該明白而心裡發毛，像見了鬼。）

台北路邊攤經驗有多雨夜，南都就有多陽光，桌子李提醒了你，你錯失了什麼，於是起步趕落後的陽光路邊攤進度，小至二手書、民藝品、（送朋友高鐵接駁站候車，計程車兜生意，朋友才上車，一旁瞅著你瞧半天的民藝品攤主馬上嗆道：「接駁車免開錢，留那錢車上吃便當也好！」你簡直落荒而逃。）禪寺籌措經費流動貨車載水果義賣、（全民建寺運動？總之你也趕上了。）關東煮、烤地瓜、現榨甘蔗汁、望遠鏡、解碼器、釣竿、竹編籃子，（黃藍、土橘混搭格紋圖案竹籃，朋友驚嘆：「簡直比塞尚還塞尚。」是啊！比維梅爾更維梅爾、比梵谷更梵谷……）大至單車、機具、電風扇。

所以，當房地物業也開始在南都路邊大剌剌開賣，你怎麼一點都不驚訝，即使他們可能少了點土土的陽光味：「我桌子李啦！圓桌啥時間送？我媳婦說……」

布告之家

「已售完商品公告於此（於是字牌掛上了）：飯沒了／酸辣湯沒了／咖哩沒了……」和炒飯司令強烈對照組，梁家姊妹總是耐煩著笑瞇瞇，（你懷疑誰在掌握那些大字報的主文權，絕不會是大嗓門先生，他太熱中表演炒飯炸排骨了。）比較像流露等待假期表情的中學生兩姊妹……

早早，梁家麵店就貼出了布告「年假：元月十七日～二月一日」，這次不知道爲什麼簡單幾個字解決了。（會不會第二代接手，擺個現代管理架式？那就糟了。）

沒看過這麼喜歡寫布告的小吃店，大大小小時時刻刻書寫張貼的熱鬧極了，譬如店口紅磚牆——本店用餐客人請往隔壁巷內停放機車（腳踏車）門面柱頭——敬告：小店逢星期六星期日即公休，見諒。

煮麵區擋風玻璃——敬告：小店有人受傷需要到醫院治療，週五暫停營業一天，請見諒。（加上週六週日，可不連休三天？你忙向煮麵不停的梁家大姊打聽：「什麼傷？要緊嗎？」「我啦，腳踝被鍋爐燙傷老不好。」）

茶水供應塡單區主牆上就更目不暇給：

小店因故休業至一月六日，請見諒。一月七日起再爲您服務，盼您光臨。

感謝您長期以來的支持與照顧，懇請您至點餐處塡寫點餐單交與工作人員以利作業，點餐請注意：一，內用請寫用餐之桌號以便送餐給您。二，您在店內用餐卻又要帶些回家，請在外帶處打勾並寫上您的桌號，以便您外帶的餐點送到您的桌子。……

已售完商品公告於此（於是字牌掛上了）：飯沒了／酸辣湯沒了／咖哩沒了……

小小一間開在南二中邊眷村口，六十坪直統統到底南部傳統用餐空間，三個大人（及不定時出現的第二代幫手），各司其職，梁家小妹婿（耳聾，嗓門極大，你懷疑他長期被抽風機給灌聾的）是米飯司令，（蛋炒飯小40大50／咖哩燴飯小40大50／肉絲蛋炒飯小50大60／咖哩豬排飯小60大70／炸豬排30）哐啷哐啷的炒著飯，用鐵勺咚咚咚地把飯往盤裡趕勻了，很清楚傳達這一鍋結束，大嗓門發號叫人走菜（飯），要在他手下吃飯令人緊張，何況端出來那一巨盤，你又倒抽一口氣。（所以內外因素加上，你還沒勇氣吃他手藝。）

老被燙傷的梁家大姊負責煮麵區，（湯麵小35大45／乾麵小35大45／麻醬麵小40大50／餛飩麵小45大55／酸辣麵小45大55）灶上坐著炸醬、各式調味料，主攻麵食的你最鍾情那缽炸醬（每天早上用溫血瘦肉現做，滷味也是），煨溫咕嚕著，好大方的湯麵乾麵餛飩麵都澆上厚厚一勺。

梁小妹活動組，送餐、算帳、外帶，還有煮湯，（酸辣湯25／蛋花湯20）切燙滷味。（梁小妹：「這豬頭肉不好，別帶了。蘭花干送你。」）

和炒飯司令強烈對照組，梁家姊妹總是耐煩著笑瞇瞇，（你懷疑誰在掌握那些大字報的主文權，絕不會是大嗓門先生，他太熱中表演炒飯炸排骨了。）比較像流露等待假期表情的中學生兩姊妹，你趁外帶時問：「你們一個月公休兩天？」梁家大姊吃吃偷笑：「不止，固定每週兩天，一個月八天。還有其他臨時假。」輪到你笑了：「這麼好！」「是啊！每星期都在等禮拜五。我們主要做學生，他們放假我們就輕鬆點。」（開學了，一斤麵下四碗，一天最少用上五十斤麵，得煮二百碗，飯差不多同量。誰不想休息？）

無論過了或正在用餐時間行過，看見燈火你總喜歡繞進去，（哪來那麼

些）成群結隊的大學生高中生眷村客，樂孜孜的等開飯吃家常，你完全不懂。一夏日正午，你過了店遲疑兩秒後踅返進去，直統統乾淨的桌前第一次內用，電扇呼呼搖頭擺身，你渾身悶汗，（那些小鬼樂活著，真不怕熱。朋友遊南都，發現很多小吃店沒冷氣，客人還來得多。）吃了兩口，再坐不下去，改外帶。梁家小妹接過碗滿臉了解：「熱噢。」你本來想否認卻又直接問：「怎麼不裝冷氣？」梁小妹閒適又正經：「我們大部分做學生生意，小孩正在長，吃飽最重要，裝冷氣成本要轉嫁，想想算了。」

這世界「想想算了」的事車載斗量，三十四十五十小本生意，也可以這麼自在人情，南都精神。

鬧瞌

典型的後眷村時期小麵館。就開在拆一半留下的那半邊江山菜市場裡，透早，老村民們以及不知哪兒冒出的「新村友」又都回到市場集合，生意就這樣做起來啦！炕餅的炕餅，塑膠袋專賣的專賣，（你娘隔兩天就往家裡堆個兩三落各色大小用途各異的塑膠袋，她不時自言自語：「都可以開個店了。」可買得再勤，要用時還是揀購物時附帶的塑膠袋。）破銅爛鐵「骨董」喊價著，肉攤吆喝著，而小麵館，則很家常的總有副手幫閒不是包餃子就在製作各式小菜（「那些臭魚爛蝦的！」意見者的發言內容或語氣不見得能說明什麼，當一名村人甲乙或客人丙丁，你們養成了一種怪怪的發言風，你也不例外，很快的就加入「說點啥」的隊伍，以前你認為的「廢話」，北方人稱之為的：「鬧瞌。」）

你恐怕永遠都不會明白，一個離了婚的外來女婿是怎麼成了一日影三人終身影三人？就這麼在影劇三村老基地安家落戶下來，大演夾夾層層眷村外省人前太太、大陸人新妻子以及他們的孩子以此打造新一九四九故事。

這些手工活計，大多趁生意清淡時段在屋內進行，但在這小小眷村地帶，就幾乎成了門面風景，得大剌剌攤開了在店外簷下展開：「貨眞價實的手工水餃哪！現包現賣。」可不，這會兒，幫閒者眉毛口紅一條條垂得挺長耳環的倆「大陸妹」正包著水餃，一看架式就不是北方人，口音也早洩了底，用的呢機器代工餃子皮，很省約的往裡塡餡料，一盆瓠瓜一盆豬肉一盆韭菜一盆大白菜，店不大，花頭還不少。南北和的年代，吃上這事，飲食之外，當然還得帶上「男女」。今天「鬧瞌」，就從這事兒啓頭吧！

你說：「市場裡小麵館居然有賣瓠瓜水餃，他家的調味料做得蠻道地的。」辣油、蘿蔔乾、葱油、醃漬辣椒各色配料成了強項。「是朱媽媽女婿啦！」小娟妹是你家的鬧瞌一號大將，鬧瞌二號你娘立刻不甘落後：「什麼女婿，早離掉了。」你失笑搖頭：「人家太太煮麵煮得好好的，你老人家沒事別造謠，不是你說的那家啦！」「還有哪家？你根本不知道。」是這麼個眷村老調了，朱媽媽有仨女兒，其中二人嫁了倆兄弟，是姊妹也是妯娌，兩對都離了婚，弟弟娶的妹妹離婚後兩人還在一起生了個兒子，但就是不能一道住，「你不知道，小珍好凶，打她老公呢！」你頭都昏了，「小珍是誰？」「哎啊！你是外國人啊！朱媽媽女兒啊！這個都不知道，人家上次見了還叫你蘇姊姊呢！」「可是麵館那女生很秀氣啊！也不像認識我的樣子。」輪到你妹頭昏了：「嘔！那不是小珍啦，是她老公娶的大陸老婆啦！

你怎麼搞不清楚！」所以坐店門口包餃子拌小菜的，是大陸太太的親戚幫手，他們一點都不覺得破落戶影劇三村完蛋，反而看見眷村人的外省口味生意點，於是在大陸太太的決定下，小麵館就這麼開張了。

你恐怕永遠都不會明白，一個離了婚的外來女婿是怎麼成了一日影三人終身影三人？就這麼在影劇三村老基地安家落戶下來，大演夾夾層層眷村外省人前太太、大陸人新妻子以及他們的孩子以此打造新一九四九故事。

你妹倒很公平：「現在這太太比較漂亮，又勤快，小菜做得很好吃喲，朱媽媽那女婿什麼都不會做，就一張嘴。」你提醒小娟妹：「人家叫『前』女婿，不是女婿。可麵店幾乎就堵在朱媽媽門口，一開門就看得到，難道兩太太不會打起來？」小娟妹皺眉頭不懂你：「打什麼？麵館忙的時候，朱媽媽都去幫忙咧！」你媽插嘴：「所以他們生意出奇的好，現在大道新村那兒，又開了家分店，發財囉！」你妹又想起什麼來：「對了，他們的配料，還是朱媽媽教的呢！」而且後頭太太生的小孩，也一點都不認生，人前人後親熱的圍著朱媽媽轉：「一天到晚外婆長外婆短的。」一個被時代淘汰與遺忘的眷村，卻是沒被評鑑單位發現的傳說中最適合（現代）人類居住的新烏托邦？

可不是，你再去麵館，才坐下來，「前」女婿就笑瞇瞇很周到親切的趨前問道：「蘇姊姊，今天吃點什麼？」

自畫像：從時光傳來

以前的八〇四醫院舊址……你一路走逛，像要去撿拾什麼碰見什麼（人），斑駁牆面如（記憶）藝術品漆器剝落，廢置倒放的窗框有著時間定格，站在這種種寓言般影像前（人們所追尋的影像來自潛意識），你唯有一個想法：人人都將在未來重返。

額葉的皺褶，記憶海馬迴，時不時會自動轉換開關，解除預防機制，於是你偏離現在時空，某些人、事就這樣不斷跳出，譬如像這張：醫院加護病房，簾幕隔開病房小空間與外頭大空間，微粒世界，父親平躺著。

早晚探病時間一到，你母親立刻一身口罩、隔離衣往裡走，站定了，開始忙碌過程，說話、按摩擦洗臉手腳身體、棉花棒清理耳道眼眶，最後，由包紮嚴實的塑膠袋內取出一管人工淚液，仔細撐開父親眼皮點入藥水，眼皮闔上，藥水分由兩邊眼角緩緩溢出，彷彿是不掉淚的爸爸的淚水。你母親堅持：「你爸爸每天都要點的，不點眼睛不舒服。」如深海人魚，在不見天日的時間之淵，日夜流淚。（父親走後，有天你開冰箱抽屜，發現了一整包人工淚液，你母親的，她知道這年齡乾眼症滋味。你簡直難受，想起父親在時，母親每天勤快的爲父親點淚液，比咕咕鐘準時有人性。以前，母親一定煮好飯招呼父親吃好了飯才出門打牌，現在，她每天一大早爲你買早點炒好菜，出門，家裡完全待不住。）

以及像這樣的畫面：順著永康榮民醫院圍牆往後走，醫院底是眷舍，再過去是一大片沙路墓地，青少年時期你們的冒險極地，你們幾個死黨最愛抄這條近路到裕農路悠悠家，路線中點有座簡陋的亭子，看見亭子，你們就安心一半。總趕太陽下山前穿越，但有時悠悠家待晚了，又不甘心遠遠半個台南繞圈回家，於是，膽子大的你表決划拳，剪刀石頭布，你贏，穿墓地，每次

1972年，家齊女中高三。重返之前之後南都種種影像，彷彿中途曝光，調性轉逆，又像把物體直接放在底片上，不使用相機而以你的眼睛控制，攝影技術稱之為靜照。一種幸運的錯誤。後南都自畫像。

都你猜對。怪的是，每次都月圓，頂著怪異的大月亮爲你們掌燈似的，把每座墓碑照得清亮，你們一路唱歌壯膽還一路讀碑誌自己嚇自己的怪聲驚呼：「嗳！嗳！這個人十五歲就死了！跟我們一樣吔！」還有九十歲的、三十歲的、認不出年月的，彷彿一團人上路。（這麼愛去悠悠家，因爲陳伯伯，高頭大馬又心細蘇北人單親爸爸，一手帶大悠悠還有下頭兩弟妹，悠悠纖細瘦小，兩弟妹跟父親一國白壯高，陳伯伯一口一口喊悠悠：「女兒啊！」好聽極了，你們留悠悠家住，多晚還聊天嬉笑，隔壁屋陳伯伯：「女兒啊！快睡吧！」是最好的催眠曲。多年後你才知道，悠悠不是陳伯伯親生，是悠悠媽帶孕嫁給陳伯伯，悠悠是最後離家的女兒，照顧陳伯伯癌症住院送終，病中陳伯伯不准悠悠母親探視，恨她拋家棄子，卻疼惜不是自己骨肉的孩子。難怪你一直那麼喜歡陳伯伯，覺得他大氣，你的直覺是對的。）

以及像這樣的畫面：以前的八〇四醫院舊址，更早的日據步兵第二聯隊衛戍病院，現在的「成功大學研究發展中心」基地（小東路15號）。順著紅磚大門往裡走，你知道，前日據衛戍病院老紅磚木造建築物十字動線拱廊兩旁串起的是就醫進階圖示，掛號間、診間、病房、病理室、實驗室、電工鍋爐房，最後，長廊直通到手術室、產房。你一路走逛，像要去撿拾什麼碰見什麼（人），斑駁牆面如（記憶）藝術品漆器剝落，廢置倒放的窗框有著時間定格，站在這種種寓言般影像前（人們所追尋的影像來自潛意識），你唯有一個想法：人人都將在未來重返。（於是，重新落座，時空置換，在小東路舊址對岸，你的研究室，電話響起，陌生的號碼，你在沒聽見他開口前就知道是他：「嗨！」你若無其事的應著，那一刻，強光效果，從前回返，曝光與顯影，因爲曝光時間過長，造成了記憶顯影如是反差效果，但現在的你，可以自在直視了，那些極爲個人的印記著不太一樣的影像，自畫像，負片與相片的分別就在此吧？）

重返之前之後南都種種影像，彷彿中途曝光，調性轉逆，又像把物體直接放在底片上，不使用相機而以你的眼睛控制，攝影技術稱之爲靜照。一種幸運的錯誤。後南都自畫像。

記憶一種／（新）老家

——給影劇三村

路上書：第七印封

柏格曼《第七封印》，形而上，武士布洛克，理想主義者，回返生長之地沿路，處處未知死亡徵兆，見佛滅佛。你的高速世途埋伏著日常生活線索及景象，最美的現代化路上書，不以封緘。

山區有雨。午後南下高速路路標97，（高速公路星霜往返，你剛用掉第二張通行票，用掉第七張，便將到達。）天色驟變，雨線挪移對準前窗間歇掃射，你知道，山區三灣到了，此時冬季季節風鋒面忽地狂掃台灣欒樹梢，（頂尖赤褐泡狀果實此時趁勢飄往遠方落戶播種。）蒼黃細碎葉片瞬間颳落大量翻飛路面空中，你車體如杖，陰暗山區劃出一條路，迷霧顯示，以原初寧靜，看得你熱淚盈眶。

前方無車，後視鏡空山沒沒無一物，你一個人的神蹟畫面，究竟誰的記憶召喚術？繞行陰陽奧秘海馬迴空間，如是三公里，冥想著等待著被何方神聖曉以偈語，兩岸欒樹自在搖曳，你知道，過路標104，穿出山脈，一條看不見的日常生活回歸線，魔界的終點。南北高速公路的直行律則，不得繞圈子不得回頭。（你得老老實實用掉七張通行證，才來到掉頭線。）南北幾趟下來，你其實有點神經，像是，七張路票，爲什麼不可以是七封印，譬如剛剛的寧靜，誰都能聯想《聖經．啓示錄》第八章第一節：「羔羊揭開第七印的時候，天上寂靜約二刻。」（照《聖經》年代表，以及相關信息，二刻，有說從一九八八年五旬節到一九九四年的禧年節，共二千三百日。）還有，瑞典大導演英格瑪．柏格曼（Ingmar Bergman, 1918-2007）的電影《第七封印》（*Det sjunde inseglet*，瑞典文），災難和死亡審判，電影開頭和結尾都引述此句經文。

你的七印封其實簡單得多，也更現代化。（〈啓示錄〉：「拿著七支號的七位天使，預備要吹號。」）於是車體穿越山區，緊鄰矗立至少三層樓高的巨大泥砌看板天書般沿路展開，南北和（讀「或」），你算是重新發現台灣製造業，車流間商業廣告招牌掠過，包羅萬象，城鄉有別。山區段：輪胎／車床／咳精／磁鐵／救痔／免驚蚊／鋁材／娃娃臉時期林志玲拍的不知啥廣告……出山區奔向后里紅土高原，招牌矩陣大多複刻著「租09×××××」字樣。滑降火焰山，大火焚燒之光禿焦土，近年逐漸恢復。（第三封印：雹子與火摻著血丟在地上，地的三分之一和樹的三分之一被燒了，一切的青草也被燒了。）這一程，招牌集中在：租屋網／生技／抗菌／禿頭——你捨得全掉光嗎？／精品（？）／廚具／產物保險／針灸／奶昔系列／靈骨塔／汽車旅館……閃開泰山休息站，一路最長程無票口，（黃昏開始降臨。第四位天使吹號，日頭的三分之一，月亮的三分之一，星辰的三分之一，都被擊打。）疾馳過台中段，果然都市氣象：保險經紀人／考中醫／專業引進看護工／雨衣／壓縮機／名床／賣場／塗裝／性福（？）／淨水……員林票口，第四張票，飛斗六，南方花卉栽植地，早歲農曆年前經過，星野燈火連接成不夜圖案，其實很不浪漫的無非爲了控制花期，挑戰人定勝天；如今，一襲一襲現代白色系暖房，卻很難讓你熱眼，好在也有不管三七二十一直接暴露田中的栽種物，遠望大片大片稚黃清新，管他哪款花。

西螺段旋踵換上布景：有機米／太陽能——熱效率全國第一／起陽籽（？）／電焊／運功散／鍋爐／香油醬油／好聖靈（？）（新營站，第六封印：一位天使拿著金香爐，站在祭壇旁邊，許多香賜給他，要和聖徒的祈禱同獻寶座金壇。）暮色追趕虎尾路段，一輛架得高高的貨車灰濛天色前方一百公尺距離，詭異的高度和速度，你加快油門，它仍穩穩的一百公尺前方。逼近299K處田野裡一幢百合花狀白色歐式怪房子，第七封印？（第十三節：我又看見一隻鷹在空中盤旋……）劃過新市站：冶金／農場／Q餅／調理／南鳳凰北帝寶（眞想得出來！）／野生動物園（台灣？）／科技園區……臨近尾聲，（好快！）進市區後，比災難片更災難片的零亂市招畫面將撲面而來，一點都不驚。

柏格曼《第七封印》，形而上，武士布洛克，理想主義者，回返生長之地沿路，處處未知死亡徵兆，見佛滅佛。而一頁頁蒲草羊皮卷，（人生）神爲這世界準備的一切，用印封住。你的高速世途埋伏著日常生活線索及景象，最美的現代化路上書，不以封緘。

回防（之一）

你不會真一個人，你有王菲、小野麗莎以及李宗盛，音響扭忒大，喝咖啡、聲嘶力竭跟不上節奏或歌詞、胡思亂想零碎的寫作題目、沒目的超車怨懟警察埋伏暗處……做足一個人能做會做的表情。

要離開現在的地址一段時間，你才發現生命中的兩個「家」出現了，南都駐成常態，回台北處所（有小孩有生活的地方），相對，勉強稱之爲回防。

暑假回防路線及步驟是這樣的，車子送保養、待用書打包、與南都友人小別餐敘、圖書館借書歸還、植物託孤、研究室桌椅沙發罩上、垃圾筒淨空、書架定位，於是來到回防之途臨門一腳，拔電插頭關燈拉門，長方形研究室底木櫺窗外，早上十點的陽光正輕划過坐北朝北的窗台，灰牆柱打出一道斜角光影符號，無須注釋不必意義，時間之錘在六坪木盒子空間擺晃，沒有比這更「適合」的銜接，（它們的邊界彼此接觸，它們的邊緣彼此混合，一物的末端意味著另一物的開頭。以此方式，運動，還有影響、激情和屬性。——傅柯）你微笑闔閉這座外星幽室，建築大師王大閎的代表作之一！

發動你在南都的代步工具「灰姑娘」，成大校園標記榕樹浮現後視鏡，右轉甩掉它，駛近小東路校門和總在「灰姑娘」忽進忽出拉起柵欄以及鑰匙忘在研究室爲你找來鎖匠的警衛無聲道了再見。（暑假期間老不見你找麻煩，他會不會想：「這行徑如神經遊民的傢伙，是蒸發還是被開除了？」）該進行上路前最後一事，你開到兵仔市場，烈陽眞不是蓋的鉅細靡遺，你是單人農產品採購團，準備對南都做出貢獻大肆採買蔬果雜什：花蓮大西瓜、玉井芒果、屏東荔枝、佳里火龍果、台東芭樂、竹筍、瓠瓜……（非得如此，買早了七月天熬不過長途曝曬。西瓜最後上車，兩個，每個二十五斤以上，賣瓜婦人神色狐疑：「宅急便？」「自己吃。」「一定不會後悔！我的瓜口感好！」啥都講求口感，你乾笑兩聲算同意：「不過就是個西瓜！口感？」）以及關廟麵和岡山榨菜醬油豆瓣醬，多奇怪的組合，至少後車廂塡滿扎實了。（以下的物是適合的，它們彼此充分靠近，處於並置之中。——傅柯）市場邊星巴克買了杯咖啡拿鐵，高速公路新市交流道打個彎，踩油門，就這樣，上路囉！

（那會不會有點單調啊？）當然，你不會眞一個人，你有王菲、小野麗莎以及李宗盛，主要是李宗盛啦！音響扭忒大，喝咖啡、聲嘶力竭跟不上節奏或歌詞、胡思亂想零碎的寫作題目、沒目的超車怨懟警察埋伏暗處……做足一個人能做會做的表情，哎呀！以下的物是適合的——你和電影《伊莉莎白小鎭》（*Elizabethtown*）。奧蘭多．布魯（Orlando Bloom）飾演的卓貝倫設計的球鞋出大紕漏讓公司慘賠快破產，開除他算善對他，他自殺未成當頭父親驟逝訊息傳來，這會兒他倒有事做了，做兒子的得趕回老家肯塔基州伊莉莎白小鎭爲父親辦後事，他在機上結識了克斯汀．鄧斯特（Kirsten Dunst）飾演的樂觀空服員克萊兒，克萊兒是個放任想法舒緩的女孩，她喜歡地圖及意外，同時是這世界罕見的不設防者。劇情尾聲，卓貝倫開數千里載送父親骨灰回（防）路上，是父子僅有的共遊之旅，克萊兒爲他設計裝著各式各類型號公路指南手冊袋，裡頭包括錄音帶、名勝素描風景導覽、音樂CD，充滿對話性，浪漫點可說是人生高速公路縮影，（當然，那花掉五千七百萬美金製作費，你不解的是票房只二千六百六十八萬。）隨著路途開展，卓貝倫沿途黑天白地的聽、聽、聽自己內在，克萊兒以及父親的。唯一差別在他是意外，你不是，人生，於你，意外已經用完了。

卓貝倫，不，奧蘭多．布魯和克斯汀．鄧斯特，不，克萊兒的偕行或者唐吉訶德式的漫遊，傅柯解釋：「產生了詩與癲狂的面對面。」

這會兒你剛上了交流道，道途在眼前展開，沒任何想法，回防之旅，將岔路再岔路。

▸▸ 回防（之二）

二十世紀初，送老二張浥塵去竹北營區國防役報到，回返時醫院建築物在大雨中隱隱透光，張得擂本性難移：「病了信恩主公還是醫生？」說時遲那時快一輛車左撞右閃四線道漩渦般捲進了兩輛車……

從新老家望出去高速公路，彷彿對鏡，各自向難以回防的時間彼處急急奔赴。

旅程滾動著旅程，同樣一條路，複寫另一張路上地圖。

（上個世紀八〇年代末，你開藍色OPEL歐寶，夫妻倆遊興正濃，張德模張得擂上路極簡又複雜到得以心理學分析，菸、啤酒、茶、書、巴哈兼頻率間亂搜尋：「台灣就不能養活一家專業音樂電台？這些主持人吵死了。」結論從來只有一個，放棄。關掉音響，放低椅背，翻開書頁，鍵下車窗抽菸，他一個人的小宇宙啓動了。不定苗栗三義山區或者嘉義水上南方平原，自得極了：「老人家踐個瞌睡。」「你是乘客嗳！該保持清醒。」不理，自顧睡去。好吧，扭開那時代的主流錄音帶，李宗盛〈我的未來我的家我的妻〉：「人在路上走來走去／車在街上跑來跑去……有著什麼樣的關係／爲什麼在一起／我的未來／我的家／我的妻……」「胡亂連結！」張得擂夢囈般嘟噥兩句，再睡。「不轟你轟誰！」你竊笑。）

二〇〇八年夏，高速公路，深灰Suzuki鈴木，你一個人的地理學，陽光西移印記南往北你方向盤上的手臂，想起路途進化什麼的，關於錄音帶與CD啦！推進李宗盛二〇〇七愛情論精選CD，〈愛情少尉〉：「愛情少尉不流淚／愛情少尉不會喝醉／愛情少尉不肯睡／追求愛情不排隊。」你拉開嗓門，「吵死人了！嗯！」自我轟炸。

（九〇年代中期，你一人夜間上路，台灣相思枝之苗栗山區寫意天際線，下坡段車子無預警電力全失，不懂機械就不懂得怕，內線道岔到路肩停妥，山風樹影漆黑夜幕走五百公尺，找到路邊緊急電話，叫了道路救援，車進廠，你繼續行程，一週後踅回取車，不想也知道，活體剝皮。同年夏天，全家兩大人兩男孩環島旅行，沒計畫，走哪兒睡哪兒吃哪兒，低空飛過濁水溪中沙大橋，〈愛情少尉〉加袁瓊瓊作詞〈忙與盲〉：「從一個方向到另一個方向／……忙得分不清歡喜和憂傷／忙得沒有時間痛哭一場。」除了張得擂，三人小組奮力狂吠，他弱勢還直嚷嚷：「有點程度好不好？」了解李宗盛時期就能了解你的人生地圖。）

於是，路程來到新竹寶山國道交會點，方向盤一扭，岔進油桐翻飛北二高，三峽恩主公醫院在望。

（二十世紀初，送老二張浥塵去竹北營區國防役報到，回返時醫院建築物在大雨中隱隱透光，張得擂本性難移：「病了信恩主公還是醫生？」說時遲那時快一輛車左撞右閃四線道漩渦般捲進了兩輛車，你以爲生命降神會來臨，卻鎮定地告訴張得擂：「我們不該死在高速公路上。」躲過了這場災難，也注定你不親這新路線。）

這回再走，主要你得在中和交流道拐進市區到中和送花蓮西瓜，地理學新地標，再上路依序鑽進九個隧道最後在木柵隧道穿出，他們說這是北二高最長的隧道，回防，已近尾聲。

（回到你們的黃金路線，八〇年代末那次，車過火焰山大安溪谷橋面，外星強光折射赤褐色火焰山脈，呼嘯起勁的高速車陣回聲釋放奇特催眠磁場，你頓時感覺一秒都撐不下去，在橋面中段路肩，沒人要趕路，你放倒座椅，和張得擂同時沉沉睡去。這一睡，至少十五年沒開長途。回程，你們在清晨穿越淡水河重陽橋蛋白界面進入台北市，車速極節制如朝聖。）

你終於明白你的回防指南手冊裡的括弧才是主文。一如漢娜·鄂蘭介紹班雅明：他最大的野心是寫一本完全由引文組成的書，最離奇的鑲嵌技術。

記憶的玫瑰軸線上，半新半廢墟半未來半過去，你突然就懂了，府城南都以台南之名，佇足現在的從前，你將把過去發生的一切放進來。

巨大的村子立在坡道基座上，國道一號高速公路與村界平行向南甩去，台南府城南都，影劇三村老家。眼前，拆掉一半眷戶就地興建的七幢高樓將完工，和另一半保留下來的村舍陋巷如同兩個夢。幾十年後，重回舊址，你成了個漫無目的。

「噯呀！這可不是扁頭！一點都沒變！早聽你媽說人在成大教書，眞出息！怎麼這兒出沒？」原本就不高的老鄰居查媽媽，更縮了，拳起張貓臉，打橫巷逆光和你交會在十字巷口，一口湖南腔還那麼逗。

你算哪一路妖怪從小那麼老？嘴上可沒遲疑：「查媽媽，你也老樣子啊！我回來看看。」冬陽照眼，光圈放大再放大，象徵記憶畫面的暈黃色調裡，你頓時還原爲童年標誌，扁頭。（是這樣的，嬰兒時，你呆呆的，把頭給睡扁了，村子裡流行毛妹、臭蛋、阿黑、土豆……像什麼叫什麼，少操神。）

「破破爛爛看了傷心！拖拖拉拉十年，缺德嘛！等不及，年前老鬼又走了好幾個。新房子快抽籤了，我猜咱們還能住隔壁。哎！不說了，你媽在老廣那兒急死了！」你知道她要趕去哪裡：「快去唄，多贏我媽兩個。」扁頭媽，人稱蘇婆，輸婆，不贏她沒天理。在她的世界裡，每天早上響起的第一通電話，不變的老廣約牌搭子。你還知道查媽媽會說：「來家吃飯，看著你出生長大，那不等於自己孩子！」千萬千萬一定要說啊！一二三！木頭人轉身碎碎唸：「扁頭，來家……」Bingo！

焦距伸縮，遠鏡頭掃到一夥人在家門口烤香腸臘肉，報廢鐵筒截半現成的炭爐架上烤肉網，青天白日下大塊臘肉香腸滋滋冒油一片煙騰騰，隨處置放的泡沫紅茶、小菜、麵飯、沾料，踱近了，嚇！背著你舉筷子大吃的，不正是你妹！

「娟！妳開飯開到這裡來了？」彷彿活逮她逃學。原來你家人一直繞著老家活動。眾人投來猜疑的眼神。

「我大姊啦！這傅媽媽，這小龍啊！韓媽媽家的！他們家拆了，租這裡，都自己灌的香腸，共伙大家吃。」小龍是個腦障姑娘，應該屬龍，神情有點時間了，小女孩般驚異呼出：「你是扁頭！」腦神經短路，記了你幾十年。

回望七幢大樓，未來的家建在從前的家上，你的新映像南都，好奇怪的迴旋出費里尼《八又二分之一》的老印象南都。南都，南都戲院，彼時台南最大戲院，座落在人潮出入的友愛街口。七〇年代初，你高中，一知半解費里尼，自命清流慫恿同學結伴去看，全場爆滿。費里尼拍這部自傳性影片前，導過七部故事片和約半部影片的兩個橋段，《八又二分之一》因此命名，全劇講一個男子在療養院療養亦藉機整理之前的人生，出院後受委託寫電影劇本，把自己寫成主角身分是導演（費里尼本尊），費里尼將之前的影片發想全摻入片中，影片套影片，畫面結構則是攝影機不斷運動，鏡頭帶過一群中年婦女、一介老頭、神職人員及背後一隊修女，費里尼還好後設的直接入鏡和男女主角談論情節（以上當係日後修補記憶）。你坐樓下前排，仰著頭，攝影機不斷在前面晃。散場時，罵翻了，都以爲是八又二分之一拍輕快歌舞片。

記憶的玫瑰軸線上，半新半廢墟半未來半過去，你突然就懂了，府城南都以台南之名，佇足現在的從前，你將把過去發生的一切放進來。於是，費里尼逝後出版的紙本傳記叫「夢是唯一的現實」，半夢半現實。還有，《八又二分之一》的療養院是世界的另一半。完整的一半。

拆掉一半眷戶就地興建的七幢高樓已完工，另一半保留下來的村舍陋巷，如同兩個夢。幾十年後，重回舊址，你成了個漫無目的。

▸▸ 記憶一種

你的新南都時差使你帶著你自己的綠光晶體，反射現實／記憶。你一下子就明白了，任何真理般的人生經驗，最無用，記憶最難複製的部分是對他人的感知，照片庫中，原初時間在地居住史頁裡，此中有人，呼之欲出。

任何人都可以告訴你，一座記憶中的小城沒有時差的問題，時序，以線性編織，只生成一種時間，因此，不需要任何人告訴你，時間的無法回頭，這是一座自轉單程球體，放大的小城。

偏偏有一種時間逆向潛進實體照片裡。蘇珊・宋塔告訴你，以中途曝光、加重色調、疊印等等超現實手法，以一種誤解了最無情移轉的非理性的無法同化的極神秘的「時間本身」，製作出一張張照片，從「過去時光」傳來訊息，一份份檔案文件，總在你凝視它時，讓你似夢如眞亟欲叩問：「那兒有什麼呢？」或者：「發生了什麼事？」時差產生了？或者，這是時間的兩種不同狀態，一種以現實，一種以記憶。

難怪你總感覺活在時間夾層，忽而熟悉／陌生、不耐／閒適、討嫌／狂喜、念念不忘／意興索然……爲兩種不同狀態時間所擠壓，你的新南都時差使你帶著你自己的綠光晶體，反射現實／記憶。你一下子就明白了，任何眞理般的人生經驗，最無用，記憶最難複製的部分是對他人的感知，照片庫中，原初時間在地居住史頁裡，此中有人，呼之欲出。

一直記得周伯伯過世時的畫面與氛圍，幾乎停擺的軍醫院，不見人跡，幽深加護病房裡傳出掙扎囂叫，你妹的公公，徹底實踐溫良恭儉讓的孔孟信徒，孝子，事奉母親十年沒上床，起碼上百公斤大塊頭，照樣以母親榻邊藤椅爲床，累了闔眼瞇一下，成天笑呵呵看書研究郵票給在異地的女兒親友寫信，給什麼吃什麼，雖然左手中風，卻一點都不麻煩別人。孩子小學生睡不

孩子氣。1967年上初中時和好友黃惠齡在天仁兒童樂園（後來改名元寶樂園），你們另一條路探尋冒險極地。惟當時不知，記憶／現實的時差已在彼時靜默潛伏。

醒，揹著去學校，到學校仍睡著，原路揹回家：「這麼小，睡眠最重要。」不興打孩子：「沒打也沒學壞，不用打！」你娘常說：「眞是聖人，沒見過修養那麼好的，誰站他面前都覺得不好意思。」但周伯伯突然一夕間性情歪變，焦躁不安不認人，很快就離世了，你猜想，他屬於人的內在脾性一次理順了才好上路。

最早的死亡記憶是許叔叔，父執輩，沒成家沒親人，無一技之長，不知道什麼理由早早從軍中退伍，四十歲不到，粗重工作做遍了，艱苦孑然的活著，許叔叔有份安靜的氣質，他卻用來沉默地在大清早挑了榮民醫院前的茶室喝農藥自殺身亡，沒聽過有任何求助交談商量，獨自做出決定。你正好上學騎單車經過，在資訊不發達的年代，沒有人管小孩心理，你邊騎轉頭便看見了，他孤寂歪著頭斜躺在茶室椅內的影像，成爲檔案中最驚恐的一頁。但想起時，也有溫馨的部分，否則你不會念念不忘數十年，最深的印象是許叔叔抽菸斗往裡塡菸絲的神情及吐出第一口的濃郁菸葉香味，當時的你並不知道，那是一種世家子弟的教養象徵。

還有黃叔叔，好友惠齡的父親，和你們這一代的眷村父親比起來，非軍人的黃叔叔帥帥的有個大鼻子，而且年輕會吹口琴穿打領結白西裝參加歌唱比賽，和談吐不俗的劉阿姨眞是一對璧人，打小學起你在黃家進進出出，中學又同學一路下來賴定了，第一次見到江浙口味冷盆素十錦，樣樣材料切絲配色，精緻到不像栞。記得每天去報到，黃叔叔在的時候總坐在一進門沙發上，推開紗門迎面就他穿條短褲陶醉聽音樂畫面，見是你，很哥兒們的招呼：「小蘇，怎麼樣？好吧？補考過了嗎？你沒問題！」你常覺得，如果黃叔叔等得及，你就有機會把台詞改成：「黃叔叔，怎麼樣？喝兩杯吧？沒問題的。」

但不該有問題的黃叔叔的散漫氣質使得他不涉世防人，惹了些麻煩上身，他心臟病發去世時才五十二歲，眞太早了些，你現在都已經活過他在世時的年齡了，記憶中的黃叔叔永遠停格在一副天塌下來沒事人的樣子：「小蘇，怎麼樣？好吧？」

當在一個地方住久了，不免得開始建檔，於你，稱之爲記憶一種。南都生南都活，等到有一天，南都死，你一點不想被問：「那兒有什麼呢？」所以，唯有一願，請把我包括在（記憶）外。

芭蕉猜想 200

你依然不知道，張老德喜歡芭蕉的理由，你們甚至沒有好好道別，就在離開你們的家僅僅一輪夏天，樹們已成某種姿態，說不上來，也許，那就是真正的道別姿勢，猜想的猜想。

住家對角小山坡黑土上冷不防抽高大片芭蕉矩陣，這天，正好抬頭發現了，心裡掂了掂不是才一季嗎？怎麼扇形樹葉便塡滿了窗格，再一閃神，漆器夜色裡翠綠清鑲芭蕉樹群，長條葉面昨天還朝天仰角今天就搭拉垂下且葉片裂成一束束條碼狀，有種猜想待證實：條碼，不同的眼光，會導致不同的感應。你份外注意芭蕉群聚，其實來自那穿著便服像只離家一會兒但從此沒再回來的傢伙，（永生是無足輕重的，除了人類之外，一切生物皆能永生，因爲它們不知道死亡是什麼，永生的意識是神明、畏懼、深不可測。——波赫士〈永生〉）此人極愛芭蕉，你忍不住思索，他若能看見這風景會多樂？

人生是這樣的，你可能會突然非常眷戀原來不注意的東西，譬如，芭蕉。窗前的芭蕉矩陣，此刻成了你難以離開的明證。有時，整個社區都落陷的深幽雨夜，你佇立熄了燈的屋內，就著雨水反光，唯一觀察著芭蕉樹，披著條碼雨衣的樹，「張老德，你在『那裡』還好嗎？」遂成一題芭蕉猜想，沒有比這更難的題目了，還有，怎麼可以長這麼好？最可能欣賞的人張老德都死了，最好的位置空了出來，一整座芭蕉敘述，被建議爲眞，而暫時未被證明或反證的猜想是什麼？死了就死了。

這年夏天（他離去的第三季）一場雨比一場雨大，鳳凰、辛樂克、薔蜜一場颱風比一場大，此爲芭蕉矩陣加速長成的原因嗎？有時候你在窗前有時不在，不在的時候，你遙遙地想，詭詭的蕉園，正忙著進行條碼鐫刻工作吧？雨水正好爲過熱的記憶降溫。（一天早晨發生了近乎幸福的事，下雨了，緩慢有力的雨。——波赫士〈永生〉）從前記憶將被覆蓋，靠著消磁，人活得比較短。波赫士：「我記得從沒見到一個永生者站立過，一隻鳥在他懷裡築了窩。」你有著同樣難以釋懷的境遇。

直到有天，你駕車出門閒逛，走著走著，轉上高速公路，一如那是既定行程，你去某地取個東西般一路往南，半夜，抵達南都校園，忘了開了四小時車回到這裡的理由，也許沒有理由，根本也沒哪裡非去不可，在不斷移動的路上，（經常演練的旅程）人生被阻隔，沒有時間，以及新鮮感。（一切新奇事物只是忘卻。——所羅門）你步上樓，打開研究室，直統統穿透窗外，那裡，甚至沒有任何樹，相同的月光，此時被分割成一束束，躺在蒼黃地板上。是了，各種形式的芭蕉猜想，有點接近答案了。各人顧性命，但解開別人的試題，沒有獎品。地板土壤延伸成爲洞穴，你是穴居者，（多麼可怕的永生的穴居者）不進化，不科學，不往文明之路走，頂多像條碼不斷被鐫刻，芭蕉猜想是唯一的詞條。（接近尾聲時，記憶中的形象已經消失，只剩下語句。——波赫士〈永生〉）

你依然不知道，張老德喜歡芭蕉的理由，你們甚至沒有好好道別，（任何事物不可能只發生一次，不可能令人惋惜地稍縱即逝。對於永生者來說，沒有輓歌式的莊嚴隆重的東西，荷馬和我在〔摩洛哥〕丹吉爾城門分手，我認爲我們沒有互道再見。）就在離開你們的家僅僅一輪夏天，樹們已成某種姿態，說不上來，也許，那就是眞正的道別姿勢，猜想的猜想。

欒樹想像

選擇這條路線，再清楚沒有的定義了你，但你其實一開始便做好了隨時離開的打算，城市有城市的無情，人生亦然。如果有所謂樹的鄉愁，你會選擇欒樹。

曾經有個固定要報到的地方，世俗形制打造之傳媒辦公室，但你深知在哪裡工作其實並不足以說明你是一個怎麼樣的人，反倒是選擇一條怎麼樣（不必固定）的路線上班，較能說明你是一個怎麼樣的人。最先，你繞一大圈山路由家的背面回家，或者穿過市聲喧鬧的東區中樞基隆路，路線實驗一陣子，你決定了，一條流暢的動線，往返敦化南路最南及敦化北交界路段。

春夏秋冬，一年四季，早已不去計算走過多少遍，但你知道一件事，二十年時間，這張欒樹圖式，打印著綿密車針針腳暗花編織出的人生流水號，譬如，十月杪，如常的上班流程，但一夕間欒樹無預警地妝點完成，指甲蓋芽形鋪滿樹冠，金風揮灑，嘩嘩嘩，逼得你路途之上不斷仰臉視聽，不像去上班，像等待被點化，此時的欒樹群活生生在城市平面道路打造完成一條欒樹隧道，逕自往更遠推進延伸及移動，你認爲自己的確望到欒樹隧道的盡頭是如何的在與大屯山脈連線，是了，魔術時刻，這一年快結束了，寧靜的歲月舒展，以季節代替了句法，你的樹候鳥。於是，選擇這條路線，再清楚沒有的定義了你，但你其實一開始便做好了隨時離開的打算，城市有城市的無情，人生亦然。如果有所謂樹的鄉愁，你會選擇欒樹。不用想也了然的時序運作，總是秋末，它便如回過神，抖擻心身，改頭換面，新綠是變貌開始的首步，一個月，嫩綠轉成鵝黃豔黃淺褐朱褐紫褐蒼褐色，成了，黃色系光譜的完成，但如此大費周章究竟有何意義？你也在猜。

直到，你抽身往南，去編織另一組流水號，（偶爾，你北返，搭捷運木柵線，當流線車身橫過敦化南路，居高下望，四十歲之後，再也沒有一條路樹讓你如此期待。）好像總是這樣，有段距離，才夠拉開姿態。但你分明在南都並看不見一條那樣的欒樹隧道，你不免有些悵然，難道，你的車針針腳織得不夠扎實？還是流水號與流水號無法連接？

是這樣的，十月初，週末例行回返台北，由山腳住家往山頂望去，金陽天空正與明黃樹冠打照面，「先於霜葉／可增秋譜」，《圖考》說得眞切。你的人生秋譜，提早發生了，忍不住猜想，走了二十年的老路，現下，不走了，你成了一個怎麼樣的人？或者，你選擇不走哪一條路線，才眞正說明你是一個怎麼樣的人？（所謂回憶者，雖說可以使人歡欣，有時也不免使人寂寞，使精神的絲縷還牽著已逝的寂寞的時光，……而我偏苦於不能全忘卻。——魯迅〈《吶喊》自序〉）

好吧！還是回到選擇固定或不固定路線去上班這話題，那天，你南返，開車，大屯山方向接上中山高速公路，連續幾週，你突然喜歡開車南下北上，下午時間上路，四小時或長或短，不動如如，景片自動換幕，倒有一半路程你陷在夜色裡，看不清四周，使你較專注路途，但你明明不看也知道到了哪裡。這天反常的剛過正午你出發，中山高一路零星樹種，杜鵑、台灣相思枝、油桐樹……算較大群落，你將在黃昏時經過北回歸線，你開始好奇，有植物歸線嗎？

安靜的路途，車過110標示，離開新竹進入頭份山區路段，建築物退位，大片大片竹林錯綜複雜寫意畫，拉出一條弧形大轉彎，遠遠，預告著一長列布間山區頂著淡黃樹冠之台灣欒樹，擎花持寶迎向你，驚豔極，你才知道，自己有多麼渴望這顧盼而寧靜的季節，清清楚楚，它總是秋天準時煙火綻放般

揭開序幕。新的欒樹隧道在你眼前成形，當路面爬升，嵌在低窪處的欒樹頂高不出路面多少，下坡路段，羽狀複葉伸展開來，華麗演出，迤邐搖曳五十公里，天幕逐漸轉黑，你獨自坐在車腹，原來如此，你還是在原有的選擇裡打轉，以爲人生的停駐重心變了，以爲選了一條辛苦的南北往返路線，卻根本是之前路線的變形，欒樹隧道的延長版，黑夜裡來去，爲不明的選擇所驅使，時間到了，欒樹隧道朝遠方延伸的浮水圖案顯現，透視圖，早有跡可循，人生的一場季節寓言。

你一個人的師父
——送聖嚴法師

一次兩次終究讓師父失望了，這是你自己的選擇，你一直都知道，你失去了什麼。你再不敢去看師父，甚至不敢聽有關師父的消息，怕面對失信的記憶。

二月八日你跟師父都走北二高，他去苗栗獅頭山勸化堂，你南返南都。車經南下110K標示獅頭山處，獅頭山在西，你面向西方，默默與師父別：「師父，好走！」就此和師父再見，繼續往前，甚至沒念「南無阿彌陀佛」。

（聖嚴師父遺言：靈堂只掛一幅書家寫的輓額「寂滅爲樂」……，唯念「南無阿彌陀佛」，同結蓮邦淨緣。）

一向你是偏執的混血主義者，對單一符號總是繞道遠行：軍隊、女校、僧團教會、政黨……偏偏你不僅讀女校還進軍校，唯一，無神。一九九五年，硬著頭皮聽達明傳播張光斗安排上農禪寺打精英禪三，阿斗那時正爲師父規畫《不一樣的聲音》電視節目。報到後大通鋪、禁語、早課諸規矩，激出了軍校出身的你的焦慮：「窮折騰嘛！這種生活你早過過了。」趁亂摸到大門口商店窮打公用電話聯絡阿斗想延下一梯次，沒找到任何人，失望之餘陀螺打轉一個旋身，一傢伙差點撞上什麼，抬頭看不正（可能）是師父嗎？他笑瞇瞇挺悠閒：「這位菩薩放不下什麼啊？」這麼巧？你立刻近乎無恥打商量：「師父，可以請假嗎？下午就回來。」眞神經，打禪三的菩薩誰不比你忙？你猜想這狀況一定常有，難怪師父大門口看戲。

賴皮不掉，便渾渾噩噩進入禪期，大殿中來了第一偈，睡姿，「吉祥臥」，（果祥法師：「法身採『吉祥臥』供信眾瞻仰，這是師父最自然舒服的睡姿，他也採這樣的姿勢走。」）這才放下心有了三分親近，最恐懼大師說法動不動逼人懺悔。但眞正師父開示也開示了、功課也做了、讀經也讀了，腦子放空了，也還是銅牆鐵壁。

本以爲三天菩薩道上就此再見，哪想一九九六年九月阿斗相邀「伺候」師父主持《不一樣的聲音》，從而展開兩年「伴持」生涯。每回發通告錄影，預錄四集，得費整天時間，攝影棚各方人馬龍蛇雜處，相對並不單純清淨，眼見師父流水行走如穿人海踏進攝影棚，頓時偌大空間點穴般靜聲化去，大夥們專注凝視如有神，紛紛頂禮退讓，師父姿態自若，含笑好奇有著童蒙表情，你見過最了悟世事的純眞聖嚴神色，是師父遺言中的和樂、精進、清淨。節目錄一段休息一會兒，師父閉目打坐，眞正入世修行。多年後師父必須洗腎了，一般人辛苦的活辛苦的死，但想到那圖像，對師父，生死平等吧？

其實你看師父總有複雜的視角，不知道會不會大不敬，譬如，你一直好好奇師父從軍歲月對自我身分的定位，他的《學思歷程》雖說避亂世到台灣唯有從軍，但從一九四九年當到一九六〇年，十一年，說來不算短，是軍中好修行嗎？還是荒蕪的年代也無路走？所以師父從軍同時也報名文藝函授學校以寫作沖淡？軍人出身的都知道所謂兵思維，得當自己說話像個軍人行止像個軍人才能是個軍人，否則在那個團體裡不稱職還是痛苦，師父也都說做什麼像什麼，那時候呢？一文一武間，沒來得及問師父，現在，也不重要了。

因著《不一樣的聲音》，後來兩度厭倦極當時工作環境，師父知道後找你去談讓你掌文宣，寺院中行走，看的、聽的都迥異於前，你還像那回打禪三，都進了寺門還歪歪斜斜，一次兩次終究讓師父失望了，這是你自己的選擇，你一直都知道，你失去了什麼。你再不敢去看師父，甚至不敢聽有關師父的消息，怕面對失信的記憶。終於有一天，其他事你鼓起勇氣聯絡師父，他在紐約道場，對對時差，於是台北子夜大雨紐約雪霽午後電話通了，說完正題，師父問道：「你那邊好像很吵。」你不願意騙師父，老實回答：「我正在pub。」師父沉穩簡潔：「喝太多酒對身體不好，太晚睡對身體也不好，早點回家吧！」爲什麼不是說法？爲什麼不是訓斥？你半晌才回過神喑啞著嗓子：「師父，知道了。謝謝。」站在大雨簷下，毫無道理的，你只想到一句話：師父領進門，修行在個人。

（不）逃逸路線

你們是驛站民族，游牧者。所以，你們隨遇而安，養成了雜食胃口，廣東臘味飯腸粉、山東小米粥饅頭、四川擔擔麵紅油抄手、貴州糍粑、雲南乳扇、山西麵疙瘩……很純粹就只是你們村上的吃食，哪來什麼「異國情調」。

根本就是要喝醉。

光天白日，早上十點，穿過鐵皮頂棚籃球場，你（居然）往老影劇三村菜市場走去吃早點。本來，是沒有菜市場的，（誰曉得它卻是留下來的舊事物裡發展得最完整的）上個世紀五〇年代村子落成，主體建築一條脊椎骨撐住八戶，似骨牌也像帳篷連體嬰，南都市區邊界安下寨子，你們是游牧聚落，骨牌也罷帳篷也好，無非方便拆解，所以，誰會想到家家戶戶得開伙，哪來市場概念？

好嘛！村子第一排，臨著別村交界有塊畸零地，尺規一劃擠出個市場，巷子兩旁依傍著的住家，願意把圍牆打掉的，成了現成的店面，地理位置上，座落在村門口往裡走一百公尺就到，荒郊野外界限容易打破，反正，誰都認爲不過是個臨時驛站，水草聚集，理所當然成了你村開門七件事以及三姑六婆八卦緋聞閒言閒語的「集散地」。（眷村是最奇怪的團體，跨海而來，你們村只有兩種年齡層組合，壯年和幼小，你以前以爲這世界最老的人是你們校長。）

你們是驛站民族，游牧者。所以，你們隨遇而安，養成了雜食胃口，廣東臘味飯腸粉、山東小米粥饅頭、四川擔擔麵紅油抄手、貴州糍粑、雲南乳扇、山西麵疙瘩……很純粹就只是你們村上的吃食，哪來什麼「異國情調」。

等到一路吃出了村門口，頭也不回，這會兒，重回現場，已是歷經滄桑，才懂得早上喝酒是啥況味，喝早酒這家是早點店，燒餅油條包子蛋餅賣差不多了，準備收市，店頭？當然那種簡陋瓦寨模樣囉，爐後站著一女的（你不知道該怎麼稱呼，大娘、小姐、婦人、歐巴桑？算了吧！）手上忙著拾掇，瞄了你一眼，不生不熟的，你不確定是不是故人，（回到老家，看見些你青年時期前認識的人，聽著他們的聲音，立刻認出了這聲音的過去，但是，那臉那身體，已經走到遙遠的未來，一個新的老朋友。）小桌邊坐著兩男一女，啤酒、小菜，大嗓子邊嚷邊聊舉杯喝將起來，（這情景，你在雜貨店、水果店、錄影帶出租店一再遇見。）什麼時間寶貴？時間在這裡，沒更新也沒更舊，上了神秘奇異的釉色，洗也好，刷也好，比你記憶中的以前更像以前。

一路美容院、香紙店、中藥鋪、煤氣行（連招牌都不捨得改成瓦斯行）、衣服、五金、養樂多（你立刻買了一排），還有原本擠出來的市場，好小，四、五十個左右鋪著白磁磚的攤位也不知道誰的主意，（像不像廁所？）現在全騰空了，商家主要集中巷路兩旁（取暖？）你走到一半就踅回了，你知道再後是什麼，一些老榮民、遊民賣的二手、三手、四手……舊貨。記得有家貼爐燒餅做得很到味，問了門口有個圓形炭爐豆漿店：「有燒餅嗎？」有，夾油條長燒餅，只剩一個，九塊，你買了：「爲什麼不十塊？」對方笑著找了一塊：「在這裡，差一塊差很多。」豆漿一袋五元。你要的燒餅賣完了，明天請早。

回走到市場邊美容院，以前，你爸曾在這間賣涼麵，你不知道他怎麼會做涼麵的，每天半夜三點，他騎單車去批麵條、芝麻醬，你曾經問他爲什麼半夜出門，他說南部天熱，半夜調好麵不容易餿掉耐放，自己做油麵成本低，做好了，正好開張。於是，二十斤麵條煮好往大澡盆裡倒一面用涼水過過電扇緊吹冷了再澆油不停手以筷子挑開免得粘住，調芝麻醬手法一樣，壯年父親在暈黃燈下使力挑麵條調芝麻醬的畫面，跟著你回到這間美容院這片菜市場。（有時候市場攤販叫麵吃，可以物易物，換回來最多的是豆腐豆干，你那時很討厭去收碗，因爲不曉得收不收得到錢。）父親做麵店太「科學」，一絲不苟，沒兩年便收了，那段時間，最喜歡少棒美國威廉波特打棒球冠軍轉播那天，對對時差，半夜三點全村燈火通明看電視，像打著火把的游牧族人，整座村子陪著父親。

簡簡單單市場路，你走了幾十年。從沒想到，明明回家，卻是（記憶）不斷從一個點到另一個點的你的逃逸路線的開始。這會兒，有部分的你潛進那間早餐店坐了下來，和他們同席，一大早喝醉完事。

後南都主義

重建記憶其實是一項很瑣碎的動作，尤其是重建成人以前的記憶。懵懵懂懂的歲月像站在日正當中的天空下，為強光所炫目，僅僅留下如光圈爆炸似的畫面，以及嗡嗡嘶鳴般的音效。

木棉花、火龍果、茄苳樹、蒲葵、紫荊、鳳梨、黃花風鈴……台南高鐵接駁巴士上，你忙著收集記憶中與記憶外的植物，忙著分門歸類。木棉花究竟屬於是台南還是台北的季節指標？茄苳呢？你拿過來掂過去，不太確定了。先把火龍果的記憶排除再說，這水果肯定沒趕上你的舊府城，數年前在台南佳里鹽分地帶文學七子之一林芳年故居看見結實纍纍豔紫外表怒放的火龍果，感覺像走進梵谷畫裡，（蔣勳：「沒有某一種瘋狂，看不見美。」）很難將眼前長在南方小鄉村極豔異的果子和你去凱悅飯店才會點的不像水果的水果聯想一道，而你明明知道，這長相脫秩盲於色的果皮底下肉質淡味純淨，多麼梵谷。你當時就想以後不太能點這水果了，吃畫似的。

重建記憶其實是一項很瑣碎的動作，尤其是重建成人以前的記憶。懵懵懂懂的歲月像站在日正當中的天空下，爲強光所炫目，僅僅留下如光圈爆炸似的畫面，以及嗡嗡嘶鳴般的音效。說來，生於小城長於小城，是原生地，很自然的順著風氣長大，沒有太多的掙扎。所以問題是中年回鄉了，從回來那天起，心理上像突然站在日本房子著火後的現場，面對清清楚楚的殘垣廢墟，不禁慌張自問自答：究竟燒掉了什麼？（是張愛玲〈金鎖記〉裡的句子：不多的一點記憶，將來是要裝在水晶瓶裡，雙手捧著看的，她的最初與最後的愛。）

究竟燒掉了什麼呢？你開始忙著安頓現在的以前、以後位置，卻忘了，建構以前最好先解構，那些林林總總的生活秩序、個人意識與習慣先解散了才好清朗，但還是老問題，青年時期離鄉，你有啥可解構的故事呢？（你收拾畫面，繼續拆卸植物秩序，桃花心木、銀樺、雨豆樹、緬梔、菩提樹、裂葉蘋婆……到處是這樣的碎片與零件，你知道，這些你離開之後大量栽種的花樹，它們的季節，你是永遠的錯失了，如今成了最無法修復的記憶體。）

（接駁巴士開下了快速道路）突然間一道畫面閃光切進來，相同的返鄉歷程，（那時你還不明白的）發生在很久以前的對岸四川銅梁。兩岸開通後，你和德模銜命返鄉看德模被留在老家的弟弟德孝，連夜找到，一字不識大文盲，展開自我絮絮叨叨的重建之路：「啊！爸爸媽媽走了以後，政策下來了！多虧了國家和領導照顧我哦……」三綱五常記得可牢了，完全是個（四十歲）小孩，搖頭晃腦站在老師面前背書。因爲不識字，從沒去過任何外地，生命中就那幾件事，記過來記過去，名副其實的（你們不在場後的）故鄉代言人。你和德模得強力止住才不「扯」下去，逆反之旅，德模不才該是那忙著重建記憶的人嗎？（多年後，德孝喝農藥自殺身亡，無法解讀的大量記憶量終於爆炸。德模每趟回老家，除了主持德孝結婚那次，都不超過三天，無法待下去，人、事與地，沒任何渴望。）

所以一看見「後設」、「後殖民」、「後現代」這些學術詞語，你總是立刻一廂情願挪用到自己的回鄉經驗，順著生活線你展開重建「後南都」、「後影三時期」、「後德光女中」、「後八〇四醫院」……尤其「後殖民」之旅，強調的是這片日據殖民鑿痕甚深的古都，殖民結束了但殖民影響存了下來，這才能解釋爲什麼（前）南都歲月去日已久，卻仍存在你生命中，成爲你看世界的一切眼光與角度，你的後南都主義。

終於，恢復心跳的父親，直視你們，一手無力的垂放身體側邊，另一隻則癱軟胸前，離氧氣管很近很近，如果還有一點點力氣，你相信，他會拚了老命扯掉所有維生管子。（他盯著你們這些兒女，極度不耐，要你們記住是你們讓他這樣拖著，沒人敢接他眼神。）

終於二月過去了。明明一年最短月份，卻悠長到像父親呼吸加護病房時的日子。就來說說去年二月吧！說說過去。

二○○八年二月十四日，大早，電話響，醫院發出老父病危追殺令，如大難之來你們各自奔去。終於，恢復心跳的父親，直視你們，一手無力的垂放身體側邊，另一隻則癱軟胸前，離氧氣管很近很近，如果還有一點點力氣，你相信，他會拚了老命扯掉所有維生管子。（他盯著你們這些兒女，極度不耐，要你們記住是你們讓他這樣拖著，沒人敢接他眼神。）

離開醫院，你直奔高鐵站速走台北去銀行，時間到了，你們將為父親辦後事。車體內陣陣淡香，衝著你來埋伏在暗處，高速風景如腦神經記憶匣卡了份文件，關機了還來來回回忙碌掃描：「一定要等我！一定要等我！……」

（淡淡香氣眞的衝著你來？）

之前台北任教學校薪水指定台新銀行轉帳，你經過忠孝東路便進去開戶索性移入全部現錢，理專：「利率太低，現代化銀行都有專人幫你理財。」你沒長現代財經腦細胞，缺乏任何投資欲望、知識與動力，隨他安排。直到一名男子來電話，說是你的理專，已轉到另家銀行，希望你支持他。（什麼支持？半年來第一次打電話給你。你很好奇：「那我的錢誰在管？」）你才醒了三秒電話打到台新，人家都走兩個月了，居然沒人知會你。（理財專員最愛講一句話：你不理財，財不理你。）續接的理財專員政大中文系雙修，溫和勤快，有不少建議，理專職業性最希望碰到好動兒吧？但你偏偏不好動，有時候不忍，順由她換個基金什麼的，動過來動過去，你很不適應，生活南移後，原要把帳戶結掉，她保證一切配合，你們偶爾聯絡，及至你詢問贖回基金手續，她知道了父親病危的事。

出高鐵站你直接上銀行，勤快理專拿出合約，附帶說有另一筆基金遭提前解約，（現在你突然想到，是眞的嗎？而且什麼理專在這節骨眼又臨時讓客戶簽原來沒告知的契約？）這筆錢她幫你另做投資，你盲目在合約上簽名，手指哪兒你簽哪兒，這是在簽父親喪事契約了，整間銀行唯叮咚叮咚進出大門之音，人世的鐘擺，你並不陌生至親死亡，又是公共場所，就是淚流不止。簽妥，起身，出門到對面國聯飯店櫃檯留了便條給來參加書展的友人，這次無法陪她逛書展了，隨即搭高鐵南回，你獨坐一截車廂，周圍漾著可疑的氣味，哪個陌生人留下的？

父親兩天後走了。全家以父親爲中心多年，他不在了，你對家人說：「現在我們全失業了。」心緒慢慢沉澱了下來，但你感覺事情並沒有結束。

仍是高鐵。二〇〇八年九月十六日晚上七時半，你結束時報文學獎散文評審，南向車程，電話響了，勤快理專，原來你被解約的基金她幫你買了雷曼兄弟，剛宣布重整，最後一刻，你知道什麼事發生了。

你大笑失聲，就曉得沒完！父親這輩子眞沒財運，買了一生愛國獎券尾獎都沒中過；存小錢跟拜把弟兄的會，會頭用人頭標了幾次會，一傢伙跑了；再存錢，全民運動跟著放鴻源，結結實實一場騙局，血本無歸；最後一役，買股票，每天上班看股分析股選股，密密碼碼蠅頭小字逐日筆記，一年一年終身俸領了就往裡「投注」，逢高沒賣近幾年下來結果可想而知。走前一年，老父讓你妹把股票認賠全賣了錢交你母親，他意識到自己有生之年已無體力再扳回任何一城，你好悲哀的過不去這點。

偏偏最後一程都不放過他。你簽字你認，那時賣國契約拿來你照簽，

（理專：我眞的覺得很對不起您，很抱歉讓您暴露在風險中，……眞的很抱歉……）況且，只是銀行啊！不該是最安全愼重富有的地方嗎？你笑出了淚，好慶幸父親已過世，否則知道爲他辦後事還要連坐你，他肯定要再死一次。

車廂很安靜，熟悉的淡淡的香味襲近飄遠，是二月的氣味嗎？你突然大悟道原來是清香劑，不是什麼陌生人無名僞香水，總總，是附著二月路線一路追了過來，二月變形，你一輩子逃逸中。

老頭

「爸，你今天好不好？」

老人笑容清淡、平靜，有若領受天機，給出一個答案：「我很好！」

然後宣布：「現在我要睡了。」這是老頭在人世所說最後一句話。

去世前，老人家剛過完八十八歲大壽，正月初六，陽曆落在二月，他開始吃八十九歲的飯，生命的老兵，家中支柱，我公公，德模口中的「把拔」、「老頭」（很奇怪，德模叫父母從來都疊字叫，小孩似都以川音發二聲「把拔」、「馬麻」）。以他的身心狀態，死亡似乎並不可能立刻來臨。

時間回到最後的聚會形式壽宴，以此高齡，沒人會輕易想驚動時間，生之歡愉，一如往昔凝結在淺飲、孫子、兒子、老伴、媳婦、兒孫晚輩友人身上。曾經，每年一度的慶生餐會是家庭大節日，親朋故舊兒輩習慣這天來到張家，常常不請自來，習慣也是默契。隨著時間輪轉，客人的結構暗中改變，每年在家裡進進出出兒輩祝壽隊伍逐漸爲孫輩取代，一具具年輕朝氣的身影帶著生命充沛感染力來到，「耍來囉！鬧熱鬧熱！」老人操著川音笑開了。生命就是這樣吧？延續也供給。可反應在老頭身上的，是話越來越少，甚至產生幻覺，他總陷在看見蜀地老家早已過世的親人、且與他們以終極川語口音交談的情境中。那天，慶生會從早到晚，中餐用到兩點，無人離座，他要睡會兒午覺：「噴一下。」噴，歇息。近年常在睡後，提起半眠半醒見到的親人都有誰、貌樣，從不懷疑或者疑懼。家人們交換悲哀，難道死亡隊伍已經上路？

不是上路，是抵達。老頭辭世在生日歡聚後不久的春日三月，外地求學的次孫浥塵突然決定第二天再返校；習慣夜遊的長孫篆楷外頭短繞了圈便收兵回家；各自參加不同名目聚會的兒子德模及媳婦你都莫名的提早退席歸家。

大家事後回想，那天老頭迎進了每人，眼光停滯每人身上久久，沉默又深切，最後進門的你見公公反常地尚未就寢，有點不安：「爸，你今天好不好？」老人笑容清淡、平靜，有若領受天機，給出了一個答案：「我很好！」然後宣布：「現在我要睡了。」這是老頭在人世所說的最後一句話。

十分鐘後，老頭不支倒在扶他上洗手間的浥塵懷中，孫子頻頻叫喚：「爺爺！爺爺！」聞聲奔至的家人將他抱回床上，老頭沒張開眼。他費力吐出幾口長氣，血壓急遽下降終至測量不到。不以科學解釋，以人生，過去與未來此刻全部放下成地平線。但老頭帶大且鍾愛的孫子們無法接受，篆楷心焦如焚爲爺爺施以人工復甦術，惶恐的心靈尚未理解死亡會如此之近，現在的他們跨不過去。

有誰在一旁虎視眈眈？在可能與使者拉鋸的過程中，要活只求一口氣：「爺爺！呼吸啊！」人生最後，老人喜愛的親人全在身邊，當然，嚴格說來，這不完整，也不是事實。

何謂完整？恐怕是大多數如老頭那樣軍旅出身，一個終生無解的課題。時代所傷，老頭跟隨空軍入伍生總隊離開位於老家四川銅梁基地，已三十九歲，時近中年。因爲幼子德孝眼疾，家族長輩不放心，他被迫選擇只帶太太和長子遠渡台灣。這是國史轉捩點，何嘗不是個人一生的逆轉。身爲小卒，老頭當時並不知道再回不了故鄉。不要問爲什麼，是的，軍人是沒有理由的。無論橫亙他們眼前是活或者死，我們看到的是，生命的恐懼被淡化了。彷彿人世是最不值得一顧的旅程。

然後讓我們跳越時間，從民國三十八年流離島上連線到八十七年。還記得那位患眼疾的幼子德孝嗎？與父母分隔四十九年，當日襁褓，如今已長成中年。日子是以一天一天過去呢？還是一分一秒的煎熬？經過漫長的猜測與捉弄，德孝說：「其實知道父母親還在，等待見面的日子比什麼都長。」

在台灣，民國八十七年德孝終於見到了毫無印象的父母。堅忍淳厚的個性使他先天不良的身體，羸弱但保住了命。沒有怨天尤人的哭訴，歷史的委屈，加諸於螻蟻之命，怎麼又難以言喻的重？

父子重逢，很難相信的是，除了沉默，並沒有更好的表現方式。孩提時代該說的親子語言，永遠的漏失了。完全不同的社會背景使父子對話終究僅停留如同通信狀態，交換著家鄉消息。是的，這個兒子有若無數被留在大陸的「人質」，不見證時代，只見證血緣。有時候，我們必須擁有如此薄弱的信仰，才能安身立命。

當德孝回到屬於他的空間，老頭在爾後的日子裡愈發平靜與沒有聲音到令人不安，「老頭一向對生死十分淡然」，德模如此解釋。

死亡來臨前，大部分人都能感受神諭嗎？那亦是一個無解的謎。我們所知道的是，於這個遙遠之島，歷經長久分離之後謀面，在老頭，巨大的懸念之擔已隨時可以放下，但是他仍然給予老伴、孫兒一段時間調整心情。老頭一輩子服膺「要活就要動」理論，家人看在眼裡，知道是老頭演練其「正面價值」意義。他不斷操勞，行使更直接的付出行爲。要調整老頭也會凋零的事實認知，不用說，的確不易。

人所不能阻擋，老頭很快過世了。小人物帶著屬於他的注目上路。親友、同鄉、鄰居、晚輩……往往無意中就想起他，一種可敬的特質，安於平凡。大家也都同意，如果不因戰亂，他們守在家鄉，生活會非常優游。

老頭身後為德孝留了些錢，感性的人可以為此一行為尋求深刻的意義，生為長子，德模知道那是失了父親的兄弟再度聚首。辦完喪事，他啓程回籍貫老家，稱之為報喪，他的視線與民國七十八年首次返鄉之途重疊，已分不清是首航還是此行。

踏上返鄉路途首行，完全沒預料到的困頓車程，他於深夜時分抵達，沿路伸手不見五指，從沒見識黑成這樣的地方。下車後，又進入另一廢墟，他終於知道，絕對的黑是啥樣。老頭口中的魚米天堂原鄉是消失的香格里拉。

天亮後，他算看清了傾斜不堪的神話故里。頭一遭，他竟無法以言詞形容內心感受，只不斷嘆息，不知如何向等候消息回傳的父母描述他們的世界已經不存在。

他很好奇，如果預知眼疾兒子未來成了文盲，老頭會離開嗎？如果預知親人將陷入一場驚天動地的浩劫，還要走嗎？處在我們這個時代，人們習慣不找答案，答案很簡單——會，但德模從沒問過父親，「沒意義。」肯定如此想。現在生命之歌進入那麼寂靜，老頭不止一次提到人老的孤獨與無趣，與味的是，他本能的道德價值永不過時，聽電視報導觸犯律法消息，他絕對動氣怒罵：「都該槍斃！」所以他是平靜的嗎？毋寧說放棄了身體的掙扎，多麼無奈的選項。

倒是德模走在父親行過的土地，你可以想像變質的人情世道多令人疲倦，無從迴避，至少這一次沒有辦法。父親離家鄉整五十載，值得慶祝的數字，但放在人生遭遇，恐怕慶祝是行不通的。報喪飯席上，他不想重複，於是長輩姑姑、舅舅一起被請來，他開始講述父親五十年來的亂世人生，姑姑哭了，沒有聲音，只是止不住流淚水，再見不到她三哥了。果眞造化弄人，若非變動，他們張氏甘家屋基想必可以一路興旺下去，是廣大農民其中一個有成家族，施行春耕秋收的自然律法。在那個以農爲生的鄉里，因爲抗日軍興空軍入伍生總隊設在老家銅梁舊市壩，從而改變了地景，老頭頂個缺進入伍生總隊當上兵不過是個插曲，以爲隨時可以就近「解甲歸田」，不意從此改變了個人與家族命運。

我們好奇的是，如果能夠交換命運，留下的族人會同意身分互調嗎？冥冥中，究竟是誰掌控了人的繩韁？曾經對老頭重要的答案，現在已經不重要，德模最不能忍受的是，那些熱中漫無邊際的胡說，在他們表情很容易讀出想法，都以爲他們過著享福日子，並且指證老家親人就因爲受他們牽累，才一蹶不起，人生所求差距如此大，而他千里報喪，歷史複雜沉重，演算的公式卻簡化輕慢了。德模想到父親永遠背負別鄉拋子的重擔，是父親的鄉音使他距離老家越來越遠，難怪父親一直不肯回老家。完成父親遺命，鄉途等於截斷，親情不是一場永不落幕的盛筵。

他憶及那趟回鄉首行，離開時車過父親待過的銅梁老營區，隱身在死角般黃桷樹林裡，青綠樹影映照春日日頭寧靜瀰漫，失去了往昔兵氣騰騰，因是國軍舊址，長期廢棄著，時光彷彿凍住，老頭並未離開，不，他們早離開五十年了，大片未整理的地方，說明了那是懸置回不去的老家。當車子穿越鄉地，老頭走後德模從未感覺大悲慟，他總相信，人那樣的故去，是可求而不可得，但此時此刻，巨痛襲來，他似迎到父親由壯年時期營地走出來，這次將隨他眞正離開，無牽無掛，一段從未有的人生。

他繼續通往離開老家更遠的路途，如賦格曲，父子同步忽遠忽近，朝在老頭最後生活的社區空間踅返，在那裡，老頭活動範圍不斷萎縮，有陽光的日子，家人會扶他下樓，輪椅推著坐在空地曬太陽，日影不斷推移，但只要老頭出現，鄰居們會笑著過來和張爺爺打招呼，學步的孩童跌跌撞撞靠近，一股神秘能力，家世界的建構完成。

老頭樸素的喪禮上，以往那些不請自來的友朋仍然不請自來，遵守著昨日再昨日的老習慣，不來呼天喊地那套，大家被告知，三哥、張伯伯、張爺爺……仍在這個世界一角注視著他們，大氣中隱隱傳來誰的話語：「不像個樣子統統槍斃掉！」但誰也沒有把誰打倒，報喪結束，注定一個故事的結束，另一個早已開始，重疊的部分告訴我們，即使世界健忘，改變的空間仍舊允許過去存在，磁場會產生空隙，有些人不會那麼容易消失，明白這點，他的父親曾經失去父親，他也失去了父親，只有他，當他回到台北，會再度與父親重逢。

是的，即使發生在你面前，你仍然徹底束手無策。你有機會進入加護病房，他躺在一個沒有鐘面的時間長廊腹部，這座生命之鐘赤裸透明，（小帶鰤科瑰麗塘鱧幼魚通體透明）得以直視機器齒輪轉動，但是不再給出時間。

又一回，你走到人口密度盤踞世界頂端不下的香港，動感之都。遊魂的腳步隨人潮湧向商城，並切進一家居家精品店，你在開放式店內挪移至一只十二．五公分見方盒形座鐘邊停住，於一座旅行特區裡建立時間刻度，關上盒子，也就關上接觸。黃金顏色，價值感十足，解釋著時間「爲你所擁有」云云。

但香港與台灣並無時差，錶面凝凍難以言說的並時關係。旅行時間總是好用而不夠用，光是被允許擁有新的時態，就眞教人放心了。娘胎帶來的，嬰兒期你每到黃昏便躁動不安哭啼不止，一個傷心的嬰兒；大了帶著渾身不耐與周圍摩擦，彷彿被烙印錯置的生理時鐘的人身，說不出的難受。你理想中的生命與生活，是一個沒有時差的世界。

盒形座鐘的指針就在你恍神之際卻分明跳動了一格，是活的！刻度與刻度間，蘊藏密度如此高的時程，眞教你好好奇，必須以怎麼樣的生活回應。那一刻，在數百坪店內，多項商品裡，你獨獨爲十二·五見方界面停駐，難以置信人間有如此美好的時間象徵，彷彿你終得一回天機站在眞相面前。你的反應卻是很世俗的盤算要不要帶走它。你清楚意識到，那不過就是時間的具體化，行旅中手裡握著最多的，就是空白時間啊！不斷回望，如南來北返的候鳥。你掉頭由偏門離開，雀鯛科卵形光鰓雀鯛棲息水流強勁的陡峭大礁，以腹部朝向礁壁倒游。某些東西流失了。

鐘面吸納時間光束，那小小界面，輻射寧靜深海流域，你聆聽極幽藍浮游生物、巨型水母熒光酶燃燒的聲音，繁星四射掠過海草軸孔珊瑚礁縫。146 146 146 146 146 146 靜定流水密碼；是的，〈上帝恩寵〉裡，癌症末期的病人安慰不捨的至親說：「愛之外，一定還有別的。我想去看看。」人生旅程即將結束。

在這公海海域，小帶鰤科，瑰麗塘鱧，體扁延長，小口，幼魚通體透明。背鰭寬大對稱如協和飛機，尾鰭月形，頂流棲息礁石區洞穴上方。水裡是最好的無重力浮游場。

旅行時間也是。

被鐘面磁場吸住般動不了。如此傾心只爲來日，而你當時並不知道。以爲不過是一場眞實的旅遊與逸出。浮出水面，你大呼一口空氣，理智與情感等重，經驗告訴你不買回去將是後悔的開始。在你居住的城市，你一慣服膺簡單即是美的信條，從來擠不出空閒及心情去逛去珍視這些標識著生活品味的物件。

只是沒想到，有天你一覺醒來，不再順時針走的界面上，如生死簿與生死時間直面相對。你想起那句流水密碼：愛之外，一定還有別的。我想去看看。

「這裡不是很好嗎？現在不是最好的狀態嗎？」你眞不解。在不該結束的斷層，總該給出一個正大理由或暗示，沒有。好吧，就算上帝給過你一次隱喻，讓你猜一次，一個人五年內因兩種癌症住進同一間病房的機率有多大？

而且，爲什麼不是在消費性旅途中不在他人的喜酒宴席上同學會甚或一場好玩的交際舞比賽，而是從醫院開始？

爲什麼是他出事？不是一向疑神疑鬼這裡疼痛那裡長期失眠的你？且就在

如常生活節奏中，並沒有出遠門，時時刻刻啊！疾病的隱喻與威脅。

你想到罹患慢性淋巴性白血病的巴勒斯坦最雄健的代言人薩依德（Edward W. Said），一九九一年九月初，他在遙遠的英國倫敦與流散四處的巴勒斯坦人研討巴勒斯坦民族自決的集體目標，大家自說自話，失望之至他抽空給美國紐約的妻子撥電話，得到罹患慢性淋巴性白血病的噩耗。人在異域啊！他怎麼撐住的？他寫信給母親，寫到一半作罷——他母親已去世一年半了。病情逐漸加重，他帶妻兒重訪離開四十五年的故園巴勒斯坦。「儘管恐懼，我還是製造離去的場合。」薩依德還說：「你如果現在不出這趟門，不證實你的流動性，不放縱失落迷途的恐懼，不凌越家庭生活的正常節奏，你在最近的未來一定是不會有機會的。」

一定是不會有機會的。你只是沒料到，因爲他正要出發而非抵達，哪都還沒去啊！

一切都計畫好了，中秋節過後第二天就飛去華中一帶黃山上海再出關東到長春，你們這些年每年候鳥般常走的路線，哪都不想去，如果沒有在地三兩好友，旅行就像登陸月球無重力無著落。一路落腳處且都興致地聯絡妥當，一點都沒有異狀或不舒服，只是食欲降低加上打嗝。

一開始就有了結果。那天你坐在桌前寫稿，玻璃窗倒影他拉開衣櫃尋什物，你納悶：「收行李？」他出門一向怕瑣碎，不管怎麼勸，去酷寒的中國東北行囊也只准塞進三兩套換洗衣物，怎麼可能七早八早收行裝。他倒若無其事鎮定地：「可能出事了，我剛才吐了一大口血。」馬桶裡一大攤鮮血。這回，終於傳說中的火車站心情被證明曾經上演。這麼說好了，對那些留下的人而言，再也沒有去而復返的旅者了。你呆呆被釘死，他繼續淡淡說道：「這衣櫃永遠找不到要的東西。」是班雅明的話：「如果不能在火車站長久地等待火車的到來，旅行似乎也少了最大的樂趣。」他稱之爲你的收納功夫就是永遠不讓他找到要的東西。永遠不歸位沒秩序。他說，散漫。「散漫不會死人。」你抗辯。

進了最近的醫院急診室，他就是在這裡看了一個月的胃，什麼也沒有做，總是十秒鐘結束診斷，取了胃藥處方箋，二周後再來，最直接的胃鏡檢查都沒做。

同間醫院，打止吐針，照X光，禁食。你遠遠望見X光片，人體作惡終於曝光了。那晚，他一個人留置急診室等候明早做胃鏡。（這檢查會不會來得太晚了？）他把大家都轟走：「又沒什麼大事，全杵在這裡做什麼？放心，死不了，讓我好好睡一覺。」只有你知道，燈火通明，他無論如何不可能好睡。離開前他要你留下菸，你整包拿走：「水都不准喝還抽菸！」皮夾一起沒收，免得自己去買。半夜，你又跑去急診室，偌大疲憊的空間，衝面一股血腥味，他閉緊眼皮，突然就睜得老大，把你嚇一大跳：「嘿嘿，還想突擊我！」他說。眞沒道理，該恐懼的他總有本事吃得飽睡得著。

天剛亮，你再度回到醫院，他早醒了，已經看完兩份報紙，你不想知道任何事覺得天塌下來可能會更好。倒有一個你不知道的重要時刻正逐漸潛近，你已經感覺到了。於是像是時辰已到你腦海開始倒帶看到旅行之鐘的片段。這回，他將被納入一次永遠的旅行時程？有一個專屬的刻度。

一直等一直等，彷彿可以就這樣永遠等下去。他則四處走動，停不下來且絲毫不擔憂，「爲什麼他總像準備好了的樣子！」每回他逛到你身邊，你一定都如此想。隔床再隔床是個不斷哀鳴的好老的老太太，印傭還是菲傭陪著像女兒，天亮了，老太太眞正的家人陸續來到，老太太不哀了；對過病床是對小情侶，一會兒男的睡病床上一會兒女的，帶著三隻布偶無尾熊、Hello Kitty、維尼噗噗熊，相親相愛完全看不出生病倒像度蜜月，年齡、行爲都違法；隔壁則是一位中年太太，被通知照胃鏡，都送回病床等報告出來沒事要出院了，你們還候著。她不是比較晚進急診室嗎？這時候你關心的竟都是這些芝麻蒜皮。

一會兒他不知道從哪兒繞回來：「我的皮夾呢？」他要買菸，你還是那句：「你在禁食記得嗎？水都不准喝還抽菸！忍忍吧！」他又走開去，你急躁地來來回回在急診室踱步，突然意識到他口袋有錢。

尋出去，老遠，醫院外頭牆角，背景是捷運站人潮，頭頂上，一班捷運車廂正要離開還是進站，轟然作響，襯著人潮與被巨大聲浪包圍著，他孤單站在空地上慢慢抽著一支菸。背鰭寬大對稱如協和飛機尾鰭月形，瑰麗塘鱧。

不久之後，你們知道了檢查的結果：食道癌末期。他在醫院門外抽的那支菸，將會是最後一支菸？

逃難般你們迅速離開那裡，你對那醫院的憤怒注視像放了一把火。

你們轉進五年前住過的癌症專門醫院。你沒帶錶或鐘，關了行動電話，關上病房門，拉攏窗帘，你進入了一個怎麼樣的狀態？走廊很安靜，像投宿在一間隔音好管理佳的五星級旅館。你甚至想打電話給服務台請他們 Morning Call。

忽然，你就在醫院住滿四個月。從秋天住到冬天。每天早上像叫他起床上學似的讓他驗血吃藥做電療推到各類檢查儀器門外等待，行行復行行。這還不夠煩惱似的，他曾經在你面前要把戲似的十分鐘不到體溫遽升到四十度，瘧疾打擺子般巨大發抖，要拆卸那張床生命的溫室；在醫院換導尿管不當引致尿道感染併發急性敗血病送進加護病房，「這麼大的醫院！」你咬緊牙關，好後悔爲什麼在那倔強的護士第一次裝導尿管失敗滑落，第二度換導尿管又失手讓導尿管掉在地上時不制止她？

是的，即使發生在你面前，你仍然徹底束手無策，等於是你親手把他送進加護病房。有段時間，你完全失去他的消息。你有機會進入加護病房，他躺在一個沒有鐘面的時間長廊腹部，這座生命之鐘赤裸透明，（小帶鰤科瑰麗塘鱧幼魚通體透明）得以直視機器齒輪轉動，但是不再給出時間。

只有生命本身還在運作。你簡直快瘋了，這如工業一般的醫病系統，被大量複製的鐘錶，不復精緻。之前大脫水引致腎衰竭，病中之病皺褶時間裡，失而復返的生命訊息，你們卻難得的有了此生單獨相處的機會。

你瘋似的遇見機會便特吃狂吃，永遠不會飽。固執的相信可以感染食慾下滑的他：「你看，連我都那麼努力在吃。」他也曾在聞到食物味探頭過來：「這是什麼？」速食便當重口味：「你不能吃這個。」他稀飯吃得有一搭沒一搭：「那小包裝的是胡椒粉？」你的胃藥。

薩依德在得知將死消息十二年後的九月過世。「無論怎麼樣，是你自己要走的，但你還是擔心離去是被拋棄的狀態。」他亦沒能逃過這個集體目標最後要去之地。終其一生無有應答。

他呢？再說一次海底生物瑰麗塘鱧，背鰭寬大對稱如協和飛機。尾鰭月形。頂流棲息礁石區洞穴上方水層，遇問題立刻逃入洞穴中。紅紫鸚哥魚，具性轉變，先雌後雄。人人都有保護層，他沒有。

事情發生了，你從來沒問過他，是什麼意志支撐他又創造了一次回來的機會，最終目標是什麼？身體如此神秘，他的身體。這下連醫生都不解了，套一句安納托・卜若雅（Anatole Broyard）回憶中醫生的話：「我能說些什

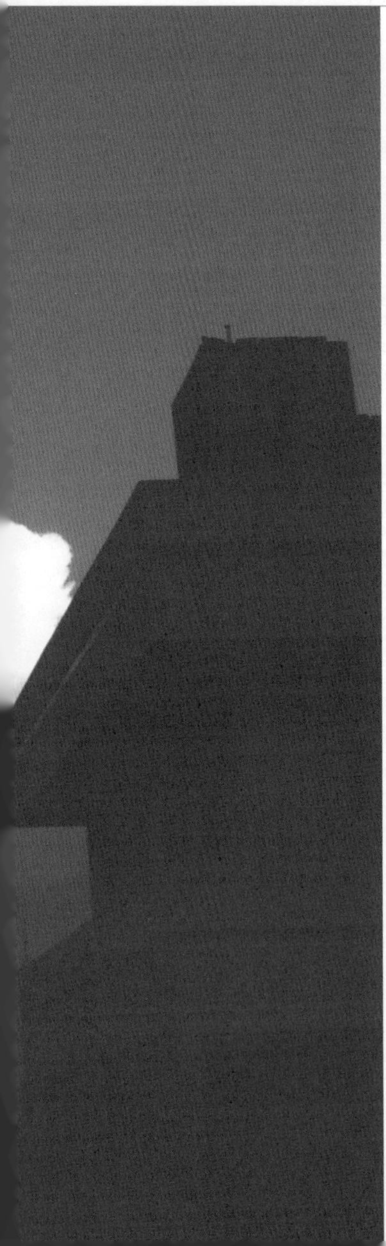

麼？我能告訴病人的只是事實，如果有事實可言的話。」

走開又回來。再是私人國度私人時間，終歸仍在人間掙扎。你亦行色匆匆，急於闖入他的時間封鎖特區。跨年晚上，倒數計時的煙火聲遙遠處綻放炸開來，你聽見了，轉頭尋去，卻看不見。你聽得見時間過去之聲。

你無數次理性化死亡復不斷探勘悲慟指數，面對他的生死你無法世故，你總是保持警覺不斷詢問：「爲什麼？」爲什麼的理由你早知道。沒有死亡是不充滿憤怒的。你也一樣。

於是，到了旅行終點，關起盒子，便關上時間。你們落陷在生命的莫大時差。爲什麼那次，你就是不肯買下那只黃金座鐘。

送行

> 暖壽期間，我們閒閒地早起與父親、族親同桌飲早茶、聽聞鄉音、凝望父親平靜溫和的安坐家鄉，每一刻都彷彿永恆，多麼希望這提早的慶生會可以一直循環下去。但難以形容的不安氣息散發著，我們多少意識到那可能是父親最後一次返鄉。

爲父親送行的時間終來到，這趟旅程，事實上早在二〇〇六年十月便已展開。那年，深感父親身體經常發生狀況，爲了強留住父親，我們兄妹與廣州佛山的叔叔、姑姑們共同計畫提早在老家爲父親辦九十壽宴，全面邀請宗親族人歡聚。

時間來到，我們兄妹分地同步啓程澳門會合後由陸路轉進佛山。心裡頭，雖然明白此去等於是奔向終程的開始，但能在父親年輕歲月生活之地與他相處，更模擬進入我們未曾參預的父親前期人生，擁有了一段非常新鮮的父子時光，的確教人子難以拒絕。停留期間，我們眞正見識到宗親家族的聚合力，數十年未見或不認得的族裔後輩，由不同遠近城市來會，暖壽期間，我們閒閒地早起與父親、族親同桌飲早茶、聽聞鄉音、凝望父親平靜溫和的安坐家鄉，每一刻都彷佛永恆，多麼希望這提早的慶生會可以一直循環下去。但難以形容的不安氣息散發著，我們多少意識到那可能是父親最後一次返鄉。

父親最早一次離鄉，是一九三七年。那年，廣東番禺古鑑村青年蘇富剛進入廣州中央軍校第四分校步兵科第四隊，十八歲的他自行改名蘇剛，說來爺爺時任廣州電信局局長，父親大可依傍祖輩人脈享受一般世家子弟的生活，但他選擇走出和家族不一樣的路。抗戰軍興，一九三八年廣州失守，學校遷駐廣西宜山、南寧，從此，展開了蘇剛時期。父親同學錄上登記的永久通訊處是「廣西南寧七勝街四十二號厚豐棧轉」，這個地址印記了獨獨屬於他的生命史。說來生於一九一九年的父親，幾乎是全期最年幼者，畢業時才十九歲，他卻獨自上路，千山萬水輾轉任官成都、昆明。

終於，命運之線悄悄將他劃到位，一九四〇年代初期他被任命爲貴州晴隆高砲連連長，派往守護盤江大橋。晴隆是距離中國名瀑黃果樹瀑布數十里的一個小山城，地貌山巒起伏險要，向來兵家必爭，盤江橋即稱黔滇之鑰。一九四一年六月，日軍大規模轟炸，重創盤江大橋，父親右耳也給炸聾了，終其一生，他這隻耳朵零聽力。但零聽力的人生也不是沒有收穫，部隊駐紮所在地產屬於一位陳姓士紳，有兩名女兒，大女兒陳順男，聰慧叛逆，父親看在眼裡沒吭氣，但抗戰結束，一九四五年八月十五號日本才宣布無條件投降，他即搶著上門提親，陳順男外婆說：「嫁給你這外省人不就等於死了一樣？」古鑑青年說：「我一定帶她回來探親。」十月十日兩人就完婚了。婚後父親認為陳順男這名字太父權，遂將妻子改名「陳潔姍」，那一刻，開啓了他們六名子女及其後代子孫新頁。

一九四九年，一場世紀大遷移，父母親和姑媽、姑丈相繼到台灣，姑媽成了我們在台灣唯一的親人，父親以中校官階調台南砲兵學校，當時中校軍官每月關九十元薪餉，別說養家，單身度日都很拮据，父親只得由帶兵官轉任教官，主要圖二百元教官加給，如此家用才稍穩定打平，一九六〇年初期他榮升上校指揮官，六個孩子相繼報到，升職意味著改善家庭生活並且回復帶兵官職，但父親個性剛烈，看不慣同仁兼差揩油，白紙黑字硬往上報，其結果是被眾人聯名反控他誣告降調中校，指揮官職也給拔了，父親選擇待退謀職，三個月可領一千八百元薪俸，什麼也不夠。於是，為了養家，已經中年的父親，放下軍官姿態，忘掉世家出身，在日後長達二十年歷程，開書店、賣冰棒、饅頭、挑磚頭、賣麵、修鐘錶開鎖、當管理員，甚至去考職業駕照打算開計程車。還記得初初開始賣冰棒，他深入考察發覺南一中後門牆角是很好的據點，南部天熱，學生一下課就爬到牆頭找小販買冰水，但那裡是別人地盤，父親只能抓緊時間，人前腳走他後腳現身，他讓學生免費試吃促銷，但學生試吃歸試吃，並沒餘錢多買。不知道別人怎樣，總之，我這一生最討厭吃冰棒。

冰棒利薄容易融化血本無歸，父親於是改行賣饅頭，找了輛破單車，後座疊床架屋足足壓實三個木頭箱子，內裡層層厚實棉胎保溫，騎車一路穿過東區、北區走縱橫省道往新營奔，他琢磨農民做田需要結實的食物補充體力，饅頭最結實了。箱子太重他太貪心，經常翻車不說，終於累到胃出血住進醫院，病情才稍轉好，他就堅持要出院，他說：「我得出院賺錢養家。」醫生表示不能負責，父親說拿出院同意書來我簽字，我負責。古鑑青年不過不符家人期盼進了軍校，旅程卻把他劃到這地步。

終於，可以返鄉了。一九八七年兩岸開放探親，第二年父親和姑媽、姑丈計畫好一起回家，各自啓程，訂妥日期會合廣州。父親先帶著晴隆女兒回貴州，暌違四十二年，小山城居民奔相走告：「蘇連長回來了！蘇連長回來了！」這時的蘇連長已經是七十歲老人了，鄉人全都記得他，我父親帶著我母親去祭墳，一塊土丘而已，他對著土丘告訴我外公外婆：「雖然遲了，但小男給你們帶回來了。」日後父親以女婿的身分，主持修葺岳父母墓碑，墳地建在地無三里平的鎮郊山頭，每回掃墓得像四腳動物往上爬，站穩了，便可遠望想像晴隆。

及至廣州會合那天，姑媽姑丈、我父母及族人聯袂往蘇家祠堂給久別的爺爺、祖宗上香，古鑑一帶祖宗牌位高立於房頂，七十出頭的姑媽、我爸爬上陡直的梯子堅持完成祭祖儀式。不僅於此，我姑媽硬是跪了下去，給不是生母的小奶奶磕頭，以嫁出去的長姊身分感謝拉拔養大弟妹在彼岸續了蘇家香火。

之後，父母親年年赴廣州、佛山、貴州，和老友親人團聚，多麼愉快的老年生活，大夥結伴到處吃喝玩樂，走哪兒都吆喝了大批人馬，我總懷疑他們要把青壯年失去的飄零歲月補實回來。等到年年探親旅程成為歲月固定節奏，外圍看進去，我們不去觸碰現實，寧願相信這是人生永恆的常態。但在一九九三年，父母親有一趟大陸行，兩人去了南寧、貴陽等地會老同學親人，父親記下的旅程，這才讓人明白，往往看似平靜的日子，卻潛伏變化與艱險，父親寫道：

這次之行與前數次，幾無多大的差異，仍以廣東及貴州為主，但在行程上，仍有點改變，今將全部行程羅列如後。

一，高雄乘輪到澳門。二，澳門乘船到廣州。三，廣州佛山往來走動。四，佛山乘車到台山當日回廣州。五，廣州乘火車到貴陽，途經曲江、衡陽、長沙、新化、玉屏等地。六，貴陽乘車經安順水城。七，水城乘火車到安順即換車到晴隆。八，晴隆至興義。九，興義至冊亨，原定由此往百邑赴南寧，但因八渡不通，冊亨留一宿。十，冊亨經貞豐、安順回貴陽。十一，貴陽經都安再至荔坡。十二，荔坡至金城江。十三，金城江至南寧，途中差一點翻車。十四，南寧經合浦、江門返回廣州。十五，廣州經澳門返回高雄。結束這次大陸之行。

這一次探親及旅遊，可以說是萬里之行，全程所經的道路都是崎嶇的山岳地帶，一般旅客實難忍受，以我夫婦的高齡，更是苦不堪言，套句抗戰時期的話「八渡不渡，百邑百變，都安不安」。

我以為這段旅程正是父親出廣州之路曲折困頓的寫照。究竟多麼辛苦備嘗？我心底有一幅深埋的畫面，正可以為這段旅程作注腳——

一九六〇年代中期，我沒考上公立學校放榜落到台南私立德光女中，家裡正苦，父親沒多說一句話，讓我註冊上學。二年級春假全班去烏山頭水庫旅行，遊覽車在公路上朝前開著，女生們喧譁嬉鬧個不休，我靠窗坐，伸頭出去吹風，突然，望見前方有一輛單車後座立起高高的箱子，整條公路上就只有那一輛單車正吃力地往前移動，速度非常非常緩慢，我老遠就認出那是爸爸和他的舊單車，他正要去賣饅頭。我縮進車腹，沒有叫他，我不知道該說什麼，而且很慚愧自己坐在車上。所以，我也很少吃饅頭。

閉幕式進入倒數計時。父親在去年十二月二十五日清晨因肺炎進了醫院，因襲壯年後養成的脾性，他非常不耐待在醫院，這些年急診室進進出出，我們也以爲就像之前虛驚一場很快會出院，久經過程，家人已發展出一套安撫他的台詞，眼看他燒又退了，我們放鬆懸著的心，再度畫下好大的希望大餅，告訴他，這趟徹底治療，舒適了絕對陪他返廣州，眞的不騙人，他每次都把希望寫在眼裡，但這回，他搖搖頭，沒說什麼，一張口就氣喘，我們鼓勵他用簽字筆寫在報紙上筆談，但他早不是那個我簽字我負責的漢子，字跡支離難辨如塗鴉，家人不忍傳閱總塞進抽屜，一天天功課寫著猜著，突然歲末報紙上，爸爸清楚簡明寫下每個半隻手掌大小的字：不知何時能自由。

兩天後，二〇〇八年一月一日凌晨，父親進了加護病房，當時我正在辭歲的聚會上，收到簡訊，悄悄離席，連夜回防台南，送行終點已然逼近。恍若生死防線潰堤，旅程末途如瘟疫蔓延，撲殺而來。二月十六號早上七點五十六分，一日之晨且陽光晴朗，家人奔去每天報到的呼吸加護病房，父親安詳離世，心電圖指數歸零，他的胸膛仍起伏呼吸，「機器」，他們說。父病五十三天，沒有落淚討饒喪氣，永遠是那個走出自己道路的古鑑青年。其實父親早已決心從這塊土地開創未來，三十年前，長孫立信出生，他親手制訂「立天地正氣法古今完人」作爲蘇家譜系台灣的永續排行。

那位十八歲出廣州的青年，當他把蘇富剛改名爲蘇剛，已經決定了他是個怎麼樣的人。爸，知道嗎？立天地正氣法古今完人，您從來自由。

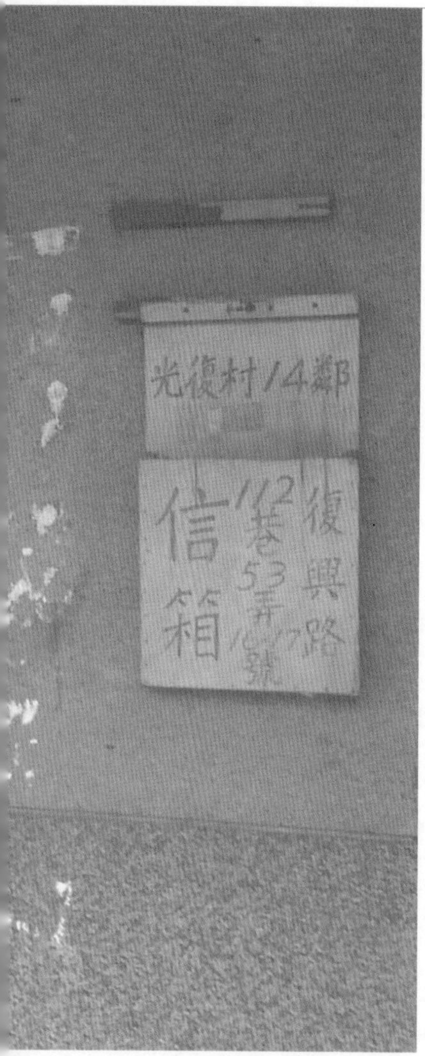

（新）老家之一
——給（變成了什麼怪物）軍方

軍方交屋說明會：老的老殘的殘的你出生
就認作族人的老伯伯老媽媽花白頭髮顫抖
肢體聽不到也看不懂的成了散兵游勇，辦
家家酒似的，逐（少數的）族人而居。
（形跡可疑的「準」管委會反動分子湊上
來說：「別簽。」）你知道，抗爭者撐不
了多久了。

離開村子多年後，你們家二〇〇九年二月父親周年祭日過完，將第二次住進網寮四分子基地影劇三村，（怎麼這會兒突然少了最正當性的屋主老父親。）名義上住了五十年的地址，大約是無法稱之爲故鄉，就叫「老家」吧！（58號新門牌永遠無法覆蓋83號舊門牌）一切要回到民國四十一年，陸軍湯山部隊砲兵學校在台南四分子網寮復校（這才牽動四十五年興建影劇三村眷舍）說起。

你村（軍？）持續上演拒絕交屋抗議戲碼，複製他村經驗，眷村故事很難翻新，凋零是主線了，從民國九十年四月第一階段選項認證開始，你族（的老父母）就在和時間賽跑，八年過去了，這段關鍵時期你家老父母（及活著的鄰居伯伯媽媽）按季節往西邊大陸（無味的）洄游，漸次拉長時間結果不一，大部分終於無法再洄游（的停格）。至於早死族，走另一齣怪誕情節，反正小孩或抱孩狗屁倒灶的故事，多到不想講。你不能不抱怨：什麼房子蓋那麼久？拖死你們這些老芋頭戰略？或者國軍就是國軍，根本不專業不該也不會蓋房子？當初你父一輩瞬息倉皇游牧到此南方角落，一個（出力抗戰的砲校成員最）礙眼（格斃它）的日式地名歇腳（網寮原爲日據時代永康上中里網寮庄，光復初闢爲網寮營區，無舊聚落），重建得八年？

那橫七豎八此坑彼洞的（新）建築群聚眞的已經檢驗過關？（就別說一雨成池的廣場）喂！比民國四十五年還不會蓋房子的誰，行行好，乾脆咱們還原，把舊址還給老父（以及下一代）吧！

時代到底把軍方變成了什麼怪物？建一間有地權的房子補償五十年沒地權的老戰友眞這麼難？今天主事者肯定都軍校出身，軍校教育不教軍人武德？無戰場年代，（在已退下者戰場）懂得敬畏（不斲傷）先烈前輩，不就是武德？

記者楊美紅永康報導：影劇三村自組管委會指出，新大樓建築規劃中途改變，工程成本增加二億多，建築造價增加，平均每户自付款要增加五成，讓不少眷户無力負擔，軍方原本預計有一六一户入住，但自付款暴增，讓眷户退縮不前。

任何民間蓋房子，能邊蓋邊漲嗎？購屋者（你）會認命嗎？軍方和住戶、軍方和建方，不該是契約行爲嗎？否則爲什麼要收回眷戶從民國四十五年就保存的住房證？（你沒看過的住房證，你老母親層層疊疊仔細包紮存封在手帕信封裡。）老母（和老父）死心塌地保存了一輩子，被交出／收回時，是一物換一物了？爲什麼還要另外再交錢？你們又不是「買房子」，你們沒選項拿（三、四百萬）補償金永遠離開影劇三村，你們要（以打造老家的心意）住下來，一坪十三、四萬的價位，隨便問，台南縣有這行情嗎？（所以，誰才是上一代留下來的「祖產」受益人？以這價位把餘戶賣出，「怪物」不慚愧嗎？）不照時間交屋已經違反改建初衷，還調高自付款？如果國防部覺得這（照章交差）事沒什麼，國軍的武德訓練何在？

之前，你一直站得比較邊緣，好安心的覺得反正老父在，要離開要進駐有他決定呢！及至老父臨交屋前三個月走了！（八年都去幹麼了？）你才還願似的開始主動（以影劇三村出生者的身世）進入回返（新）老家的流程，

（你媽嚇死了：不簽交屋同意書，萬一不給我們房子怎麼辦？）第一次軍方在大樓活動中心辦交屋說明會，老的老殘的殘的你出生就認作族人的老伯伯老媽媽花白頭髮顫抖肢體聽不到也看不懂的成了散兵游勇，（失語的一代，他們的主詞是：我兒子說、我女兒說、我孫子說、我媳婦說……）辦家家酒似的，逐（少數的）族人而居，（形跡可疑的「準」管委會反動分子湊上來說：「別簽。」）於是，（你說）五十年過去了，游牧的感覺持續生成了你的（新）老家。

游牧者喧譁著，突然（怪物）某員躲在麥克風後頭狠狠下達口令：「不要講話，全部安靜！」很悲哀的，軍人軍眷做了整輩子，瞬間，大夥兒俱眞的靜聲下來（就差立正不動姿勢）。你知道，抗爭者撐不了多久了，這群（眞正當過）兵，一輩子只知道一件事：一個命令一個動作。

世界一隅某（老實）小人物沒道理的悲慘一生，忍不住對老天哀訴：「你不會做天，你垮了吧！」

你不會照顧老兵，你別當國防部。

（新）老家之二
——給影劇三村

好嘛，前後地理位置倒置，（別以為我們找不到路的）層層疊疊樓群空間（老父親住第幾層？）空中鳥瞰（外族一定看不出）攤展開的（新）住址，你確定，你村（族）人仍奇幻極了藏身在同一經緯度影三（為名的）基地。

台南縣永康二王，毗鄰影三的陸軍砲兵學校，你們有本自己的圖式。

單位：湯山部隊陸軍砲兵訓練指揮部暨飛彈砲兵學校。沿革：民國二十年十二月一日初創於南京，抗戰期間先後遷校湖南、廣西、貴州（你爸那裡認識了你媽）等地，四十一年於台南四分子復校，六十七年遷台南永康二王，七十三年納編空軍防空學校並更名「陸軍砲兵訓練指揮部暨砲兵防空飛彈學校」。關於砲兵學校，這是官方圖式，你們有一本自己的。

（新）影劇三村仍然毗連砲校，已更名陸軍砲兵訓練指揮部暨砲兵防空飛彈學校的砲校，如果想重溫經（小東路遺址）砲校抵達影三回村路徑，砲校做爲不能更置的主體，那麼，中華路、中山南路口是新的出發口站，中山南路沿路（你往內張望）順著九重葛樹籬到了砲校大門對過忠孝路（要不還能是什麼路呢？）右轉下接復國路，（南都這麼多新路，就鄰著砲校幾條路取的有個邏輯。兩旁的店家生態：菜粽、虱目魚、鹹粥、杏仁茶、黃昏市場……取代了以前軍用品、香肉爐、單車行以及你老父的日日新書店……）路尾端，（新）影劇三村（沒村門）基地在望。怎麼一條回村新路線，卻是走後門。

就這樣（極不甘願的）一路抽籤、說明、抗爭、繳款、驗屋（居然沒有設計圖沒有固定格式的讓你們以自由意識填單，這些人有多少買賣房子的經驗呢？答案大多數是零。）……流程（現代化假象，你打電話到國防部詢問爲什麼貸款某些眷戶有變，承辦人員甚且給了一個和銀行承貸行員手上不一樣的數字。上帝啊！）返家之途，你回頭走，由後門進入，注定了是一條和老父不一樣的路數。

（你開始打理新空間）一日一日訓練自己接受眼前一切，在新地基上逐步搭建舊記憶，你進進出出（企圖裝滿）空房子，放眼全是（可疑的）新生物件。直到一天，同層隔壁走出你小學同學（沒錯，那張臉皮後頭躲著另一張臉）和他太太，合作推一台推車，站在電梯口等下樓，你小學生語言：「啊！已經搬進來住囉？」「是啊！你們家有人會長住嗎？」「等我爸過了忌日，我媽要在我爸生前住的房子祭拜，說安心，找得到家。」（你是不安的都市人，很久以來即服膺少說自保。）「你爸去世多久了？」「去年二月。」「我爸都走十幾年了。」（電梯來了，你們同時在一個封閉的殼子裡，你卻一點都不覺得尷尬。）你忽然自以爲哲學：「什麼時候走只要好走就好。」（空洞到近乎可恥，你眞的該慚愧，如果一定要耍現代人那套習慣及教養，其實應該說：「眞是抱歉。」可你又一點都說不出那樣的話。）同學嘆道：「是啊！蘇伯伯可惜差一點趕上搬進新房子。」你背過身子半天無話，這麼容易交換內心，算得上一種成年奇蹟嗎？一樓到他們出去，夫妻倆目前齊力賣葱油餅，同學說：「就在成大對面育樂街。」你其實不太確定他的名字，卻記得從前你們在同個時空，每天同步穿過菜市場買或不買包子、大餅、涼麵、冬瓜茶、油條、豆漿……再不甘不願地往復興國小緩慢移動的童年食物奇幻之旅。你們永遠在建植等值的記憶氛圍，誰也拿不走，發生過的事物，隨時有一隻手暗中摩擦記憶晶體海馬迴。有一天，你知道自己會出現在他的葱油餅店前。

步出B1電梯，佇立停車場久久，面對大塊大塊墨黑，視線所及處有幾輛車體神秘的反射屬於顏色的明暗光影，（日光與月光在城市裡非常好看，非常感人，因爲它們在城市裡被陰陽分割，有些地方明暗相間，有些地方光線逐漸由強變弱。例如在房頂上，有些地方日月都照不到。這種美的感受還包括光線的變化、光線的昏暗、看不清以及因此而導致對看不清的東西隨意進行幻想。——義大利詩人萊奧帕爾迪（Leopardi Giacomo）死寂之聲接近不存在，如某種不反射光的晶體。差一點趕上這趟的你的父親，到底在不在乎呢？你一手布置妥新家，等到父親忌日時機點一過，你們將展開（沒有他的）新生活，（不見的人究竟去了哪裡？）你已經把他的照片掛在新（老）家牆上，有一間書房，面向東方，早晨陽光會由窗櫺明亮透進來，（老父晚年視力極差）牆角有一張靠椅，可以舒服地看書，有一盤（老父喜歡的）圍棋，放在柚木書桌上，你甚至不知道，開過租書店的父親，人生裡有沒有渴望過一間書房？那究竟是你的書房呢？還是父親的書房？

爲時間主導，想循老砲校（幽靈）路線重返影三，這會兒得打村子後頭進入了，好嘛，前後地理位置倒置，（別以爲我們找不到路的）層層疊疊樓群空間（老父親住第幾層？）空中鳥瞰（外族一定看不出）攤展開的（新）住址，你確定，你村（族）人仍奇幻極了藏身在同一經緯度影三（爲名的）基地。

（新）老家之三
——無父的一年

猜猜死亡旁邊真的站著神？老父終有一次機會，以死亡證明未死？你實在不能相信這老無神論者會乖乖的接受這些。你們是一對現世裡不信神的父女。走到那一頭人會變嗎？你唯一不知道的。

南都之南，你們車隊一路盯緊葬儀社小巴士在無地標墳場間流竄，小巴士裝載了老父的庫錢庫房庫車庫衣庫轎庫丫頭……明明才農曆二月末，剛開年，南台灣驕陽烈火卻澆得人滿頭滿臉。小巴士一個打轉衝上荒郊土坡突然停頓，擺明了：「就這兒了！」這兒，燒庫錢的空地。各顧各，七手八腳（沒經驗的）忙找地方停車，你慌張下車正好一腳踩爆只寶特瓶，「碰」地嚇你老大跳。

老父親做頭七，你們（又是個沒經驗的）依習俗燒庫財送行，把這一頭使用過的什物以物理現象火化傳輸到那一頭，總之，老父親再用不上了，（那一頭誰伺候他呢？脾氣這麼壞，誰理他？）每人唯恐落了後拿了庫錢庫衣什麼都使勁兒往庫物塔堆砌再堆砌沖天上去，眼看要倒下了，（老父肯定不耐極了把堆在他身上的衣服剝掉：「我不冷！」）你們才住手。接著烏合之眾挺散漫依指示圍了個蠻醜的圓圈，（守靈七天摺的元寶、蓮花、衣褲……巨山，執事者熟稔地往上澆灑大量液體，汽油？幹嘛那麼急？「我們又不趕！」你燥燥的。）大片野地，有三隊人馬各據一方，熊熊火光中傳出嘶喊聲：「阿嬤！（媽媽、阿妗、阿姑……）好走啊！財物拿去用啊！」「阿爸！（阿舅、阿公、爺爺、阿兄……）安心去吧！這世人艱苦啦！」此起彼落，彷彿互相支援。

忍不住暗中偷窺他軍儀式，你忽然好累好累，（是太沒人性還是覺得光天化日下演個啥戲？）葬儀社說臨時插隊，（你壓根不信，誰排妥了時間才像老爸說的「翹辮子」？）得快，（說到底仍是演戲！）跟著行禮如儀，漫天沙塵，聚沙成塔的一生如影如幻，這次你們反向觀看老父如何在你們眼前新生。（執事者面無表情，你知道要求一點點職業化以外的嚴肅表情是非常非常不智的，所以，當你們喪家脫序演出時，可以想像他笑得有多不職業化。）你們大風吹般繞著要爭奪的位子，仔細跟著唸一句句佛法口訣，（你實在不能相信這老無神論者會乖乖的接受這些，是有過畢生無信仰的人，走到生命最後幡然皈依主，但你知道不會是你的老父親。你們是一對現世裡不信神的父女。走到那一頭人會變嗎？你唯一不知道的。）你們在玩不同形式的大風吹，你們做女兒的做兒子的做妻子的做女婿的做媳婦的做孫子的，（做曾孫的太小不給玩大風吹）想藉這場儀式（遊戲）傳達你們平常說不出口的心願，老父親才剛上路七天，這會兒已經成了神？

於是，早上九點亮晃晃光天化日下，你們站在天空下隨之誦經，（距離遠點的根本聽不清楚，「聽到的大聲傳過來！」有人吼道。）大家牽繫一條象徵陰陽界限的繩子繞著象徵福報的庫山，一會兒順時鐘一會兒逆時鐘打轉，好不忙碌出氣般唸唸有詞，「放下牽引繩！」執事者發號：「現在是許願時間，亡魂不遠，有什麼話要跟亡者說，趁現在說。」

這下熱鬧了，顯然你族早各自採集心事有備而來，你媽猛推旁邊孫女：「快，趁這機會要爺爺保佑你找個好對象！快跟爺爺說！」什麼跟什麼嘛！孫女不知如何是好乘亂換了位子，老太太只好轉頭慫恿孫子：「讓爺爺保佑你身體健康早點結婚！」這又是啥？你不禁猜，老父若有機會應許，他這一生最渴望許諾哪種願？你想到加拿大女作家瑪格麗特．愛特伍的書《當半個神不容易》，父亡七日，半人半神，你們燒庫車庫銀庫福庫祿給他，但你知道，愛國獎券的年代他生前其實最愛期期報到，他渴望的不光是錢財，還有有運氣，他手氣背了一輩子，總看見運氣站在別人那邊，如果准償一次願，他會許個啥？你知道了。當大夥毫無條理亂葬崗旁七嘴八舌胡說一通之際，你拉大了嗓門石破天驚吼道：「爸！這次樂透上看五億，咱們就賭這一盤，你晚上回家，用任何方式把數字告訴我們隨便哪一個都成！千萬千萬要記住噢！」你軍這會兒頓時靜聲，瞬間回過神勁道大了，還那德行紛紛搶話說：「爺爺！告訴我！……」「爸，現在不叫樂透，叫威力彩啦！別搞錯噢！……」老父生前聽力零，現在，半人半神。

猜猜死亡旁邊眞的站著神？老父終有一次機會，以死亡證明未死？至少那天威力彩號碼開出來，全省大槓龜。

去年的事了，好快，父亡三百六十五天，無父的一年，你一直想證明神在。唯一，威力彩這一年動不動就槓龜。你終於沒樂透，最小獎都沒挨到。

▶▶ 新（回家）路線

新的回家路線車過永康夜色裡老家就在不遠，以前搭車離開台南去求學，三十年後，我是這樣回家的。好可惜，父親不僅沒趕上直航，也沒搭過高鐵新回家動線。

二〇〇九年，父親逝世滿一年，這年七月，我陪母親展開了她一個人的回家返復旅程，台灣這裡清早桃園機場直飛廣州，一個小時五十五分後在彼端白雲機場降落，五叔和堂弟來接機，你脫口而出：「好可惜，爸爸沒等到直航。」家之返復，我爲母親設計的路線是這樣的：台南（大哥開車）——台北（休息一晚）——桃園機場（長孫立信開車）——直達廣州（五叔接送）——貴州貴陽晴隆（小阿姨姨父接送）——廣州（我接棒）——桃園（機動，或大哥開車來接或搭高鐵或立信來接）——台南。這個時代最複雜的旅人網絡。動用了各族親友、轎車、飛機、大眾運輸高鐵。

之前，我有一張自已的返復路線。

一九七四年夏天午後，我正坐在台南影劇三村老家院樹底下看閒書，那是一棵南部才見到的喬木樹，巴掌紋圓葉子終年開著黃花喇叭，樹幹一人合抱東長個瘤西長個瘤，但不嚇人，我從來不知道這樹的學名，我們小孩管它叫大黃花樹。村子午後總沉到水底似悶極，千門萬戶屋頭裡的隱隱打鼾聲水泡般冒出破掉，集體運動，村子得到下午四點才會活過來，人紛紛從類房洞裡露面，我們有點近似穴居族群。小孩跟著大人習慣，也有幾個走自己的生活節奏。譬如我，我不喜歡水底運動，日復一日，我收集著午後私人記憶，我是自己的活化石。

這天，老遠郵差腳踏車一路鈴鈴鐺鈴鈴鐺打過來，人人在這密碼音節中睡得更沉，下午村裡的狗都熱趴了，就算狗肉老董這時候出現，肯定也懶得吠他！一個凝凍的小宇宙，平信被甩落在院內泥地、扯開嗓子喊著這家：「掛號信！」但單車已停到我家外頭同樣聲量：「83號！拿私章來蓋！」誰的信呢？軍校聯招函，通知我錄取政戰學校影劇系，如此安靜，我一個人的換軌時間完成。

離開家那天，就意味著，取得了回家的新路線權，當時的我並不知道，那是一串問題的開始：「什麼時候回家？」、「你在哪裡？」以及「你什麼時候離開家的？」那個家，廣義指的是「台南」。但我那天是怎麼離家北上的呢？（很奇怪的，我認為這也決定了以後回去的交通工具。）搭火車。那年頭沒多少選擇，我父親很高興的給我買了平快對號座，七個小時後我會在台北站下車，然後轉搭公車往北投復興崗報到。父親很少見的送我到月台，在熱騰騰的叫賣便當茶葉蛋汽水泡茶報紙聲浪裡，我以為我們不會交談，（我父親是我所見話最少脾氣最大的「老廣」，他一直到晚年都如此，他是我老年的樣本。）可正相反，軍人出身的父親很驚訝我的人生態度，他問我未來計畫，我表示只想過一種不好也不壞的生活，父親分析那樣的生活是建立在很大的自由思維上，而軍校平時即戰時嚴格要求服從與團體性，很難有自己。我卻很自信：「我儘量。」火車來了，父親淡淡交代：「沒事別回家。路遠。」這眞像他的話。火車突然鳴放汽笛緩緩駛出月台，父親並沒有揮手，這也眞像他。我猜想我們的位置多少有點朱自清和他筆下〈背影〉中的父子關係投射，父親那一代，多少人是在車站和親人一別成永別。但父親此刻並沒有離愁，也許有，我不知道。我站在車門口目送我出生成長的小城畫片般台南公園、小東路涵洞、九六、大道新村晃過，黃昏時分我站在復興崗大門口，面對著大屯火山脈，父親說對了，每次放假從大門出去都像一場戰役，家的概念刻意被懸置淡化，一九七七年畢業我抽籤分發到北部，也就住了下來。

再重新接續台南女兒的位置及生活方式，已是三十年後。因著父親聽覺、視覺、心臟、步履、呼吸道、肝一步步更壞，但他仍全心盼望像之前每年回一趟老家廣州，那眞是折騰，轉機待機，一大早出發，到白雲機場都晚上了，老先生腰包、手杖、助聽器、水壺，老太太我媽也好不哪去，一身裝備，簡直像逃難，我沒有機會參與一九四九年國共政權易手的大遷移隊伍，沒想到不僅歷史會重演，很多事件更再現，一九八七年兩岸開放探親以來他們開始展開每年候鳥西飛行動，次次像帶著全部家當，我搖頭嘆氣：「要用到處都買得到，揹夫似的，你忘了自己年紀。」我媽說：「這已經很好了，拉得動，以前坐船，碼頭等了一禮拜才有船，哪兒都不敢去，拖著大包小包，顧得了箱子顧不了兒子，好容易上了船，三天三夜下來，吐到人事不省膽汁都出來了還不敢闔眼。」是啊！我大哥五歲，絕對頑皮過動兒似的停不下來，一個不留神他猴戲爬上船舷欄杆兩腿夾住放開雙手：「看我！看我！我會飛！」我媽這些年凡事大驚小怪，不知道爲什麼那情況居然沒嚇死她。總之，逆旅之旅，我們兄妹輪流陪著重闖出一條「回家」路線，很確定的是，父母親在的地方就是回家的方向。如是二十年，父親終於走到三月一大病二月一小病地步，數度進出加護病房，「生命漸漸流失，前往威爾斯還有什麼用？」英國詩人奧登的句子，威爾斯，嚮往及康復之地。最後一次返鄉，是二〇〇五年，我陪他們由高雄飛廣州，當天早上我由台北搭機南下小港機場會合，我熬夜錯算飛行時間，還好那時北高航班多，於是就看見一個瘋女子拖著滾輪行李箱從小港國內機場往國際出境處狂跑，差點誤了事，父親臉色很壞根本不搭理人。八月出發，他年前就問護照台胞證進度，臨出發還出狀況，他早失去當年送我上台北的從容，眼前這一切，他再不能說走就走自由決定，得靠小孩接送，那股挫折肯定很難習慣，我也不希望他習慣，我的父親不是那種沒個性的老人。但事實是，我的父親母親最老的老年都坐輪椅了千辛萬苦還返鄉，直航還只是政見，二十年來，我父母沒有一次不得不由香港轉機卻從沒有入境過，算算，他們在此至少等掉了十天時間。那次在香港轉機，長長通道，我走在兩輪椅中間，手上握著三本護照和台胞證，到達廣州機場得再一遍，但從來沒有一次旅行，像這樣我那麼知道自己要去哪裡，也明白這經驗怕不多了。於是，加快腳步，我們兄妹十月偕行赴佛山，在老家和親友們提前爲父親慶九十大壽，他耐煩極了，人人上前祝壽，父親根本聽不見看不清，卻一坐四小時，整個浸泡在一種難以言喻的氛圍裡。我甚至懷疑父親每次能夠出加護病房的最大動力正來自這氛圍。

那年年底等到由佛山返回台南，父親嗜睡血液含氧量低成了常態，醫生建議使用呼吸器，依賴了那機器，上飛機出國恐怕更難了，父親約是意識到，很是排斥一段日子，最後，還是用了，並且開始頻繁進出加護病房，肺炎、氣喘、腳腫、血壓高，如此循環誰也受不了，他更是不肯進醫院的老人榜首，老小老小，母親先是威脅：「你不去，我跟大妹講。讓她回來。」他不希望我無事忙南北奔波也就聽了，後來這招失效，我自願而機動總在路上趕回台南勸他住院，再不講「沒事別回家，路遠！」的老父親，總要親耳看見白紙黑字或聽到一個再大聲沒有的承諾：「等養好身體，一定送你去廣州。」才肯入院，人生不由人，但人們可以努力，於是二〇〇七年夏天我決定重回台南到成大教書，我大聲稟報父親這個消息，他非常非常高興點頭笑呵呵。正式回到家，才發現我的父親有多老，那半年，父親胃口更差，但即使不吃，也愛坐在餐桌邊笑瞇瞇看著大家，坐累了，雙手就桌面托住頭臉有時繼續看，有時就座埋臉休息。

終於，父親眞累了，氣喘住進了醫院普通房檢查，原以爲會像以前沒事再「騙」過一回，眞的醫生簽字可以出院前一晚，你妹連聲哄道：「這次眞的養好身體，隨時回佛山。」不料爸爸搖頭了：「去不去都無所謂。」第二天竟沒出院，直接推進加護病房，然後來到二〇〇八年二月十四日，昏矇矇的清晨，電話大響，病危追殺令發出，做兒女的各自奔去，苦痛等待後終於恢復心跳的父親，一手無力的垂放身體側邊，另一手癱軟在胸前，離氧氣管很近很近，如果有一點點力氣，你相信，他會拚了老命扯掉所有維生管子。（他盯著兒女們，極度不耐，是你們讓他這樣拖著，沒人敢接他眼神。）離開醫院，立刻直奔高鐵站速走台北去銀行簽文件贖回基金，時間到了，你們將爲父親辦後事。一路上，是和時間競逐：「爸，一定等我啊！」現在，你是那個自己送自己出門的人。父親或者眞聽見了，簽完文件，沒回自己組的家復搭高鐵去台南，二月十六日早上七點五十六分，呼吸加護病房，父親安詳離世，心電圖指數歸零。

返復路線停留近兩個月，九月初先有事赴北京再轉廣州白雲機場和母親會合後搭下午四點十分班機回台灣，一路聯繫妥當，忽然手機斷了訊。時間到了，華航櫃檯前居然沒見到五叔和母親，附近電話都得用大陸卡，我沒有，也不敢離開華航櫃檯，母親是那種一直要人提醒才安全的人，聯絡不上，一定很急，萬一走開他們到了，不能想像那慌亂，於是問華航櫃檯票務人員可以借用電話嗎？你可以付費，不行。正焦慮張望，這時，站在華航櫃檯前值勤一名穿大紅POLO衫年輕地勤人員主動走了過來：「阿姨，你打哪裡？如果是當地，可以用我的手機。但我手機打不了國外。」男孩溫和斯文禮貌帥氣，簡直像一代優質新品種，名牌上寫著：榮耀，眞好的名字。榮耀幫忙撥了五叔手機，果然，劈頭就抱怨人像風箏斷了線，五叔於是打給我妹我哥我小孩媳婦，急了的我哥請了假，已由台南出發到桃園接機，上帝！我用五叔手機撥給我妹，我妹一聽我的安排，立刻：「先掛斷，我再回你電話。」她得先叫我哥回頭。她才回問我：「你怎麼帶媽媽回台南？」我說：「搭高鐵。很方便。」放下電話，一回頭，傻了，我媽帶了四大組行李，大陸民工返鄉過年似的。榮耀送我們登機：「阿姨，順風。」

六點二十分飛機準時抵桃園，地勤人員已經備妥輪椅送我娘出關一路送到機場接駁站送上車，我抬行李，司機先生說：「你不動，你坐，我來。」七點多我們已經在桃園高鐵站，全部乘客下車後，有位乘客和司機先生一道幫我把行李提下來，我是現代女性，逞強慣了，謝謝後我說去找推車，乘客說：「高鐵沒推車，我幫你拿進站。」我不信，跑進高鐵站，正好看見一位典型的高鐵女孩一身纖細現代亮橘制服站立收票口正在服務旅客，我說需要推車，大堆頭行李八十老母，她一臉歉意說沒有推車，但可以和我一道去推行李，我們倆女生小快步跑到接駁車處，之前要幫忙的乘客已經找來警察兩人正合力抬李行，高鐵女孩扶我母親走，我反而只輕鬆拿著手提行李，待行李放定，乘客先生去趕車，我去買票，高鐵女孩提示我跟票口訂第八節車廂，那裡離台南站出口最近，並提醒我：「快到台南時，你可以先把行李推到車門過道上，我會通知台南站月台服務人員幫你拿行李。」高鐵女孩還開了員工門讓我們進，由那裡方便直接搭電梯到下月台手扶梯口，高鐵女孩完全推翻了我之前的偏見，我認爲工作人員太年輕，不諳世事。到了梯口，又有一對年輕情侶放下自己行李先提我們的行李到月台，列車啓動後，一路往台南駛近，新的回家路線車過永康夜色裡老家就在不遠，以前搭車離開台南去求學，三十年後，我是這樣回家的。好可惜，父親不僅沒趕上直航，也沒搭過高鐵新回家動線。

父親那一代，多少人是在車站和親人一別成永別。然而當離愁變得稀薄，不再曲折的返復路線該是輕易或更形困難？

藍晒圖，Indigo藍，你們來得及逃出如此魔術時光之神在（虛幻）夢境嗎？

以後的台南（長鏡頭之一）

你一點都不知道該怎麼走下這懷念實驗的台階。明明，你和台南的關係再不會像從前了，說到底，活在這並不陌生的小城之中，以後的台南，該從什麼時候開始算以後？調度什麼鏡頭記錄才算「好好活著」？

終於還是走進了那家露天啤酒屋。禁菸成狂的島上，這裡也許已是最後的重返吸菸者有權利選擇的原初自由迦南之地，但是，連這點也沒意義了，你再度走進這裡的最大理由，是想確定懷念逝者究竟是什麼感覺，坐在已經沒有張德模的現實生活之椅上，你很好奇，如果他沒死，你會不會回到之前你們來過的這家啤酒屋？

選擇坐老位子，獨自啜飲「你們的」啤酒（當然沒有伸手牌菸可抽了）。突然「竟如喪家之犬」衝上腦門，這下，原本好好的你，卻一下退縮到這句有點浮濫的詞語裡了，弄得有點尷尬，你一點都不知道該怎麼走下這懷念實驗的台階。明明，你和台南的關係再不會像從前了，說到底，活在這並不陌生的小城之中，以後的台南，該從什麼時候開始算以後？調度什麼鏡頭記錄才算「好好活著」？

●

大甲媽祖遶境保庇的季節。時間鐘面移動，掛在你村基地裙邊的北一高中軸線流水車陣夜以繼日向南奔去，背後追趕著炮仗悶雷聲，遠空火光爆衝遠遠望去正在上升的一座異星球，媽祖遶境，腳程未去到的鄉鎮眷戀地遙遙為神守夜。你記起了去年也是這暮春一個夜晚，你陪袁瓊瓊、黃寶蓮遊台南，亂步逛到海安路，世俗腳程竟迎面撞上巨靈大仙尪仔長臂搖甩擺曳腳下顛倒忽前行忽倒走，神的舞步。附近神農街盡頭的藥王廟建醮，四大將軍、春夏秋冬四大神率搖頭晃腦八家將遊巡前往祝拜。你們卑微的閃躲一旁觀看，煙花炸開魅惑了半個幽紫深藍天空，硝煙白霧下降輕盈浮在路面，竟有陰陽界上奈何橋的迷離效果，你們是人鬼，摸黑認神。（祂們每一尊的頭頂，木雕層瓣而上，非常古怪戴著如一座金漆凌霄殿的奧麗之冠，……神把祂的旅館頂在自己的頭上。——駱以軍《西夏旅館》）這小城處處廟宇，神事頻繁，很確信的台南過去、現在、未來，神在。

遊巡隊伍太長，炮仗煙塵嗆得你呼不過氣，看樣子是與救贖無緣了，果然善男信女不能賴皮冒充。那天最後，你們最後停在一座廢墟造景的pub前，老屋子都市更新被拆了一半，南都新一代，在毀敗的牆磚屋脊上，以說不出的寶蓮著迷的 Indigo 藍（晒圖）色彩，畫出樑架桌椅隔間衛浴，甚且還有往上漫行的樓梯。這間 pub 便再自然沒有的藏身這廢墟地下室，玻璃面入口，你為她們兩人拍照，畫面裡，兩人的身形、牆面塗鴉、玻璃門、樹幹藤蔓，黑底映襯的浮世（藍）繪，只有線條模糊了內容物，彷彿往裡（虛）線體內填充任何東西，放茉莉花在就是茉莉花，蜂鳥就是蜂鳥，綠繡眼、黑冠麻鷺、稻草、梵谷、林布蘭、莫札特、聖母院、異形……原來眞有母體！你還陷在異樣長鏡頭盯緊她們的畫面中，倆女子卻是一對逛大觀園的純眞童女，大剌剌好好奇地逸出了景框，你這才回神：「喂！你們去哪裡？」根本沒在聽，嘻嘻哈哈拾階往低處走進了地下（底）層，雙雙驚豔：「啊！這門眞美！」紅檜木門，Indigo 晒圖藍、酒李紅，你們來得及逃出如此魔術時光之神在（虛幻）夢境嗎？

大仙尪仔抵達藥王廟了嗎？（至少二十支白鐵打鑄的長螺號，單調卻邪魅地衝著他們發出宰殺鯨魚時被一陣一陣蓋過的嗚咽悲鳴。「神在拜神了……」

人群中有人低喊。——《西夏旅館》）

●

你的台南數十年的影幕時間，由一個鏡頭構成，沒有大多數的場景，只有一個場景，一個單位一個情節，你進入了一個虛無空間，完全不知道該做哪種動作來作結束，進入以後的台南，喝完第二杯走人，出得啤酒屋大門霎時，你剛完成了一趟啤酒屋獨飲遁逃之旅，此時此刻，若有神諭，以神的顛倒舞步朝以後的台南走去。

以後的台南（長鏡頭之二）

你拉開落地窗，出到陽台上，旭日紅光詭麗地正從遠遠的天際萬花筒似向你展開並推進，你左右觀看，一座巨幢大樓，四周完全沒有你認得的地標，「到底是哪裡？」有種惶惑與不安順著風切由樓層浮升：根本沒有任何人，甚至，沒有一個朋友。

駛出市區，朝五彩寶藍的黃昏四草橋頭直直開去，以前沒有的台南地理之西。以前的中正路精華地段，現在成了小資大開特開花藝、品牌、時尚……特區，林商號、土地銀行、總趕宮、擇賢堂古建築舊址，更無力的圖繪古都迷思，你忍不住經常深夜獨自逛到這兒，停在路邊，你本土記憶最深的一條街，和你的眷村記憶邊界搭著邊界，形成最戲劇性之鄉。（飛蟻一樣不知打哪兒來的幾個陌生女人，我媽說這些女人是唱戲的，正在怨這會兒跑錯了碼頭。仲媽媽習慣性祭出了反調：「別弄錯了！這么么拐可是大起大發的龍頭寶地，看著吧！後頭跟著的就要來了。」——蘇偉貞《離開同方》）聽說，路底的中國城要拆了，「早幹嘛去了！」你也來碎碎唸，以前的台南，是一眼望出運河的長鏡頭之城。

之前的本土記憶是什麼呢？用除去法比較快，四草橋頭連著漁光路，新生記憶。說新，倒懂得層層疊疊躲進防風林的外頭還有防風林的外頭還有……的木麻黃、黃槿、消波塊形成的沙灘步道，以及橋頭邊魚羹蚵嗲芋粿蝦捲香腸肉粽菜粽攤、咖啡釣具車等等舊台南後面，遙遙相望「以後的台南」安南區四草生態文化區之野生動物保護區、紅樹林保護區。你調動長鏡頭回望，漁光路連著鯤鯓路，「以前的台南」下鯤鯓、二鯤鯓、四鯤鯓、（你一直不知道三鯤鯓在哪兒？有這地方嗎？）鯤鯓海水浴場、喜樹。再過去，就是高雄。

●

你們約在三山國王廟埕海鮮攤喝啤酒，不算老的古蹟，總趕上坐在廣場架設酬神放映歌仔戲影幕前，邊看邊吹風順道：「這下酒夠嗆！」新認識的小朋友和她的夥伴們，一群因緣新種台南女子，你們算是滾成一個很怪的女子團體。並且，她們抽菸，像男人似的抽，（這話更怪，什麼叫像男人？男性化的女人？女性主義怎麼說？）聚會前先買妥糧草放桌上，都到齊了？開始吧！你這一生不對菸過敏，卻對大自然過敏。（英國詩人艾略特的詩句：四月是最殘忍的月份。花開時你成天鼻塞。你的金句：「大自然最不自然。」）

回來之後，你那麼想確定「長鏡頭」（long take）該怎麼用在你注視南都的節奏與眼光，不是蒙太奇（montage）手法快速剪接轉換場景換來時間飛逝的效果，（電影就像一個點金石，具有轉化物質的能力，這神奇力量的祕密其實很簡單，它來自改變時間的長度及流向的能力。——Epstein, Jean）也不要通過形式的陌生化托出眞實感的那種弄假成眞拼貼記憶，你想起了偶然認識的學電影教電影的小朋友，永遠的緩慢，聽她說話發現節奏感是多餘的東西，生活根本不需要節拍器。

你們是錯線再錯線的交換機，她竟是你舊友兒子的前女友，也就把這扭轉關係，當成時間之流的試金石吧，讓你的後南都生涯有點邪歪閱讀的趣味。（哎呀，你的老友換了張臉，組成物，老樣子的追了上來。）不知怎麼，你突然感覺時間倒在廟埕上，完全不記得酬神戲碼演的什麼，但清清楚楚記得不知道誰說了句：「啊！是楊麗花。」（坐在長條凳上的女人頭垂著嘴裡邊哼戲詞手沒閒著往腳丫子塗趾甲油。戲詞沒一句聽得懂，趾甲油血紅色誰都看了個清楚。戲詞兒徐緩而高亢，緩慢處充滿一股開天闢地前無古人後無來者的孤獨境界，高亢時如一板斧當臉砍下，決裂得不得了。她唱的那般無心，彷彿可以永遠續下去。……女人倏止住唱腔，凝神豎起耳朵往遠方聽去，忽然張嘴笑了，聲音瘖啞：「他們來了！」——蘇偉貞《離開同方》）嗯！調度境頭未免突然了點。

從來沒有的，你在一間陌生的屋子床墊上睜開眼睛，眼及處十分異國情調，地中海磚紅色系牆面，立燈垂下一匹湛藍紗巾，造型特別的書架，出現地點奇怪的鳥籠、人偶，你無意闖進了夾縫中狂想與夢境意象的後現代台南Live Show？不，你還立刻聯想到的是「殘酷劇場」。更怪的是陽台上茂盛的盆栽及曝曬著的滿地花生。你拉開落地窗，出到陽台上，旭日紅光詭麗地正從遠遠的天際萬花筒似向你展開並推進，你左右觀看，一座巨幢大樓，四周完全沒有你認得的地標，「到底是哪裡？」有種惶惑與不安順著風切由樓層浮升：根本沒有任何人，甚至，沒有一個朋友。就在這時敲門及詢問聲：「你還好嗎？」是的，你站的是小朋友居處十四樓陽台。你一下就記起了。

明明，你和台南的關係再不會像從前了。以後的台南，該從什麼時候開始算以後？調度什麼鏡頭記錄才算「好好活著」？

記憶的玫瑰軸線上，半新半廢墟半未來半過去，

你突然就懂了，府城南都以台南之名，

佇足現在的從前，你將把過去發生的一切放進來。

全書照片來源：

黃昶憲／攝影：p.33，69，72，80-81，86，178，193，239

丁名慶、王文娟／攝影：p.10，11，14，102，106，107，112，124，136，
152，172，206，230，267，268

其餘照片均由作者提供。

INK PUBLISHING 文學叢書 255
租書店的女兒

作　　者　蘇偉貞
總 編 輯　初安民
責任編輯　丁名慶
美術編輯　林麗華
視覺構成　黃子欽
校　　對　吳美滿　王文娟　丁名慶　蘇偉貞

發 行 人　張書銘
出　　版　INK印刻文學生活雜誌出版有限公司
新北市中和區建一路249號8樓
電話：02-22281626
傳眞：02-22281598
e-mail：ink.book@msa.hinet.net

網　　址　舒讀網http：//www.sudu.cc
法律顧問　巨鼎博達法律事務所
施竣中律師
總 代 理　成陽出版股份有限公司
電話：03-3589000（代表號）
傳眞：03-3556521
郵政劃撥　19000691　成陽出版股份有限公司
印　　刷　海王印刷事業股份有限公司

港澳總經銷　泛華發行代理有限公司
地　　址　香港新界將軍澳工業邨駿昌街7號2樓
電　　話　(852) 2798 2220
傳　　眞　(852) 2796 5471
網　　址　www.gccd.com.hk

出版日期　2010年5月　初版
2015年3月　初版五刷
ISBN　978-986-6377-71-6

定　價　320元

國家圖書館出版品預行編目資料

租書店的女兒／蘇偉貞著.
--初版. --新北市中和區：INK印刻文學，
2010.05　面；　公分.--（文學叢書；255）
ISBN 978-986-6377-71-6（平裝）

855　　99005244